VLINDERS IN JE BUIK, BROK IN JE KEEL

Annika Thor

Vlinders in je buik, brok in je keel

Vertaling: Emmy Weehuizen-Deelder

Lemniscaat 🙰 Rotterdam

© Nederlandse vertaling Emmy Weehuizen-Deelder 2006
Omslag: Nynke Mare Talsma
Nederlandse rechten Lemniscaat b.v. Rotterdam 2006
ISBN 90 5637 768 X
© Annika Thor, 2003
First published by Bonnier Carlsen Bokförlag, Stockholm, Sweden
Published in the Dutch language by arrangement with
Bonnier Group Agency, Stockholm, Sweden
Oorspronkelijke titel: *Pirr i magen klump i halsen*

Druk: Drukkerij Haasbeek b.v., Alphen aan den Rijn
Bindwerk: Boekbinderij De Ruiter, Zwolle

Dit boek is gedrukt op milieuvriendelijk, chloorvrij gebleekt en verouderings-
bestendig papier en geproduceerd in de Benelux waardoor onnodig milieu-
verontreinigend transport is vermeden.

Hier komt Elfie haastig aanlopen over het schoolplein. Op haar trui schittert de blauwe vlinderbroche die ze met Pasen van Anders heeft gekregen.

Ook Elfies ogen schitteren. Ze is blij dat de zomervakantie eindelijk voorbij is. Nu kan ze Anders weer iedere dag zien. Net als voor de grote vakantie. De hele lange zomer zijn ze maar één week samen geweest, die heerlijke week bij Elfie op het platteland. Daarna moest Anders naar zijn oma en opa en vandaar naar Dannes zomerhuisje, want dat was al afgesproken en kon niet meer veranderd worden.

Zodra Elfie gisteren van het zomerhuisje thuis was gekomen, was ze direct naar Anders gerend. Ze hadden samen op de keukenvloer zitten spelen met Hoppie, het konijn van Anders. Toen had ze het gevoel of ze nooit bij elkaar weg waren geweest. Maar vandaag heeft ze vlinders in haar buik om elkaar weer te ontmoeten waar de rest van de klas bij is. Ze zijn tenslotte geen kleine kinderen meer, nu ze in groep zes beginnen.

Daar staat Anders te midden van het groepje jongens. Ze praten door elkaar heen, ze roepen en duwen elkaar een beetje. Het is leuk om elkaar na de zomer weer te zien en te horen wat de anderen in de vakantie hebben gedaan. Wanneer Joel over het voetbalkamp in juli begint, wordt Anders een beetje zenuwachtig. Hij had zich ook aangemeld voor dat kamp, maar is in plaats daarvan naar Elfies zomerhuisje gegaan. Niemand weet dat, zelfs Danne niet. Iedereen denkt dat hij ziek was en thuis is gebleven. Niemand hoeft het ook te weten, vindt Anders. Hij schopt wat met zijn voet in het grind en is opgelucht wanneer ze ergens anders over beginnen.

Anders vertelt aan de jongens hoe leuk het snorkelen in Griekenland was. En wanneer Danne de hut beschrijft die ze samen bij het zomerhuisje hebben gebouwd, vult Anders de details in die Danne ver-

6

geet. Toch is Anders er niet helemaal bij, daar tussen de anderen, althans niet met zijn gedachten. Vanuit zijn ooghoek houdt hij het schoolplein in de gaten.

Daar – daar komt ze!

Daar – daar staat hij!

Hier komt Elfie. Daar staat Anders.
Zij tweeën.
Elfie en Anders.
Samen.

Elfie gaat langzamer lopen en kijkt onzeker om zich heen. Zou ze naar Anders toe durven gaan, ook al staat hij bij de andere jongens? Nee, dat durft ze niet. Op dat moment komt Filippa eraan. Ze pakt haar bij de arm. Gelukkig, dan hoeft ze daar niet in haar eentje te staan.

Het is een vreemd gevoel om de grote schoolpoort van het hoofdgebouw door te gaan, waar de drie hoogste klassen van de lagere school en de drie laagste klassen van de middelbare school zitten. In de zijvleugel, waar de laagste klassen zijn, kende Elfie ieder hoekje. Hier zijn de gangen heel lang, en op de trap is het dringen geblazen met al die tieners uit de hoogste klassen – opgemaakte meisjes met strakke spijkerbroeken en blote buiken, luidruchtige jongens met hese stemmen en enorme sneakers aan.

Heel even ziet Elfie haar grote zus Elin op de trap. Ze praat met Madde en lacht hard. Te hard, vindt Elfie. Ze vraagt zich af of Elin net zo zenuwachtig is om op de middelbare school te beginnen als zij nu voor groep zes.

Ook Filippa lijkt zenuwachtig. Haar ogen zijn wijd opengesperd en zo groot als schoteltjes, en ze klemt haar vingers zo hard om Elfies arm dat die er bijna een blauwe plek aan overhoudt.

'Hier is het!' zegt Filippa, terwijl ze voor een deur van een klaslokaal blijft staan.

'6B' staat er op een handgeschreven bordje naast de deur, en daaronder 'Marie-Louise Bergh'.

'Marie-Louise Bergh,' zegt Filippa, alsof Elfie zelf niet kan lezen.

Ze zegt het op zo'n manier dat de 'h' aan het eind van de naam Bergh als een zucht te horen is.

'Berg,' zegt Elfie. 'Het is gewoon Berg, denk ik.'

'O,' zegt Filippa.

De andere meisjes van de klas staan al ijverig en giebelend te dringen voor de deur.

Nu komt de hele groep jongens de trap opgelopen.

9

Eerst Ruben en Joel, dan Viktor en Danne.

En Anders.

Anders loopt regelrecht op Elfie af.

'Hallo Elfie,' zegt hij.

En dan doet hij het.

Hij zoent haar op haar wang. Waar de hele klas bij is.

De meisjes voor de deur van het lokaal barsten uit in gegiechel.

'Zagen jullie dat?' loeit Joel. 'Wat een meidengek!'

De jongens lachen ook, maar niet op een gemene manier. Ze vinden Anders aardig, al doet hij soms een beetje raar. Maar daar komt hij mee weg omdat ze vrienden van hem zijn.

Door het gelach en gegiechel heen klinkt een ander geluid. Een hard geroffel dat weergalmt door de gang.

Het geroffel komt steeds dichterbij en dan stopt het.

'Wat gebeurt hier?' vraagt een stem achter Anders' rug. 'Vinden jullie het zó leuk om naar school te gaan dat jullie je lachen niet kunnen houden?'

Anders draait zich om.

Daar staat ze. Hun nieuwe juffrouw.

Ze ziet er streng uit, vindt Anders.

De nieuwe juffrouw haalt een sleutelbos te voorschijn en doet de deur van het lokaal open.

'Een beetje kalm nu, jullie,' zegt ze. 'En ik wil geen flauwekul als jullie het lokaal binnengaan. Ga maar zitten waar je wilt, dan krijgen jullie daarna van mij je vaste plek.'

Marie-Louise Bergh is niet jong en niet oud. Ze draagt een strak grijs mantelpakje. Het enige kleurige aan haar zijn haar lange, roodgelakte nagels. Ze lijkt helemaal niet op Jessica, hun oude juffrouw.

'Wat een nagels!' fluistert Filippa in Elfies oor.

Pas als Marie-Louise Bergh de deur heeft opengedaan, ziet Elfie het nieuwe meisje. Ze staat een eindje van de anderen vandaan, maar toch wel weer zo dichtbij dat het duidelijk is dat ze bij hun klas hoort.

Pas als de anderen de klas binnendruppelen, volgt het meisje.

Ze heeft lang, kroezend haar dat zo blond is dat het bijna wit lijkt. En grote blauwe ogen met lange wimpers en een klein rond mondje, als een pop.

Elfie is ook blond en haar ogen zijn ook blauw. Maar haar haren zijn steil en piekerig, en haar wimpers zijn nauwelijks te zien. En ze heeft ook geen poppenmondje.

Filippa heeft het nieuwe meisje ook ontdekt.

'Kijk,' fluistert ze tegen Elfie. 'Wat een knap kind!'

'Gaat wel,' fluistert Elfie terug.

Maar in haar hart vindt ze dat ze nog nooit zo'n knap meisje als deze nieuwe heeft gezien.

Anders gaat samen met Danne in de tweede rij banken bij het raam zitten. Elfie en Filippa zitten in de banken voor hen. Anders kijkt naar Elfies nek die tussen de blonde plukken haar te zien is. Hij is smal en bruinverbrand.

De juffrouw staat bij haar tafel en trommelt ongeduldig met haar lange rode nagels op het blad. Ze vindt waarschijnlijk dat het te lang duurt voordat de hele klas binnen is en iedereen zit.

De laatste die de klas binnenkomt, is het onbekende meisje met het lange blonde haar. Ze gaat niet zitten, maar blijft in de deuropening staan, ook al zijn er nog plaatsen onbezet.

'Doe de deur dicht en ga zitten,' zegt de juffrouw.

Het nieuwe meisje trekt de deur achter zich dicht en kijkt onzeker om zich heen. Dan gaat ze zitten in een lege bank vlak bij de deur.

Elfie weet dat Anders naar het nieuwe meisje kijkt.

Ze vraagt zich af of hij haar ook zo knap vindt. Dat moet haast wel. Knapper dan Elfie.

Maar ik ben degene die hij aardig vindt, denkt ze. Anders had hij me niet in de gang gezoend. Dat hij dat durfde! Waar de hele klas bij was!

Marie-Louise Bergh vertelt hoe ze heet, dat zij nu drie jaar lang hun juffrouw zal zijn, en dat ze het schoolwerk echt serieus moeten gaan nemen nu ze in de hogere klassen zitten, en dat ze een aantal nieuwe vakken zullen krijgen, en dat zij wil dat ze morgen tweemaal zo vlug, maar ook twee keer zo zacht als vandaag de klas inkomen. Dan zwijgt ze even en kijkt het lokaal rond.

'En verder wil ik geen gepraat en gelach tijdens de les,' zegt ze. 'Dus daarom wil ik dat jullie om en om in de banken gaan zitten, jongen-meisje-jongen-meisje.'

'Ohhh,' steunen Nathalie en Jossan.

'Wij willen geen meidenbacillen,' roept Ruben.

'Ga dat nu doen,' zegt Marie-Louise. 'En ren niet door de klas, maar verwissel gewoon van plaats met iemand in je buurt.'

Elfie kijkt vlug Filippa aan. Als Filippa het goed vindt om naast Danne te zitten, kan zij zelf naast Anders gaan zitten. Maar misschien wil Filippa dat niet. Want Danne wilde het niet opnieuw met haar aanmaken, toen Filippa het eerst had uitgemaakt en er later spijt van kreeg.

'Alsjeblieft,' zegt Elfie bijna geluidloos tegen Filippa. Filippa weet wat Elfie bedoelt. Ze knikt.

Ze is echt een goeie vriendin, Filippa.

Ze staat op en pakt haar rugzak. Elfie draait zich om naar Anders.

Kom hier zitten, zegt ze met haar blik.

Anders heeft het gevoel of iedereen naar hem kijkt, wanneer hij opstaat en naar de bank naast die van Elfie loopt. Eerder, in de gang, voelde hij zich niet gegeneerd, maar nu wel. Misschien was het dom van hem om Elfie te kussen waar iedereen bij stond. Maar hij was zo blij om haar weer te zien!

'Het zoenende stelletje,' hoort hij iemand achter in het klaslokaal fluisteren. 'Meneer de meidengek en zijn vriendin!'

Een paar jongens beginnen te lachen. Meisjes giechelen. Anders ziet Elfies wangen rood worden.
Anders' wangen branden ook, maar dat zie je niet zo
vanwege zijn bruine huid. Hij struikelt en laat zijn
rugzak vallen, waardoor de inhoud op de vloer te-
rechtkomt.
'Uhm,' zegt Marie-Louise. 'Jij daar – hoe heet jij?'
'Anders,' mompelt Anders. 'Ik heet Anders.'
'Ga jij daar maar zitten, Anders,' zegt Marie-Louise
en wijst naar de bank naast het nieuwe meisje.
Anders wil helemaal niet naast een wildvreemd
meisje zitten. Het liefste was hij gewoon naast Danne blijven zitten, maar als hij nu toch naast een meisje moet zitten, dan zou dat Elfie moeten zijn.
'Waarom?'
'Omdat ik dat zeg,' antwoordt Marie-Louise.
Anders wordt boos. Hij vraagt waarom, maar krijgt
geen goed antwoord. Hij opent zijn mond om te
protesteren, maar voordat hij iets kan zeggen hoort
hij Rubens stem: 'Hij wil natuurlijk naast Elfie zitten.
Dan kunnen ze elkaar de hele tijd zoenen.'
Anders slikt de woorden in die op zijn lippen lagen.

Zwijgend loopt hij naar het nieuwe meisje en gaat naast haar zitten. Maar hij in zijn hart is hij nog steeds boos.

De rest van de dag gebeurt er niet veel bijzonders. Ze krijgen nieuwe boeken voor rekenen en Zweeds, en spelen slagbal op de binnenplaats tijdens de gymles. Voor gym hebben ze niet Marie-Louise, maar een aparte gymleraar. Je kunt ook geen slagbal spelen met zulke nagels, denkt Elfie.

Na school gaan ze naar Anders' huis. Ze hoeven zich niet meer af te melden op de BSO, want daar is voor kinderen uit groep zes geen plaats meer. Niet dat dat zoveel uitmaakt voor Elfie en Anders, want zij waren er voor de zomervakantie ook al niet meer zo vaak. Maar het is toch een akelig gevoel om langs de BSO te lopen en te weten dat ze er niet meer heen kunnen, als ze dat willen.

Ze nemen Hoppie mee de tuin in en voeren haar een van de zurige, lekkere appels die van de boom naast het huis zijn gevallen. Samen met zijn moeder heeft Anders voor Hoppie een ren gebouwd van kippengaas en paaltjes, waardoor ze niet meer aan de lijn hoeft.

Anders ligt op zijn rug in het gras en Elfie kietelt hem met een grassprietje in zijn gezicht.

Vorige zomer deden Elfie en Filippa altijd het 'wat-kietelt-het-meest'-spelletje. Elfie moest de namen van jongens opnoemen, en Filippa kietelde haar dan overal in het gezicht om te kijken op wie ze verliefd was. Maar Elfie begon altijd al te lachen nog voordat de grasspriet haar zelfs maar had aangeraakt.

Elfie vraagt Anders niet of hij meisjesnamen op-noemt. Ze wil er niet eens aan denken dat hij op een ander meisje verliefd zou kunnen worden.

Anders vindt het heerlijk om zo in het gras te lig-gen. De zon schijnt rood door zijn gesloten oog-leden. Hij voelt dat Elfie naast hem zit, ook al raken ze elkaar niet aan. Er is alleen het grassprietje dat zachtjes over zijn gezicht strijkt. Elfie is daar, en Hoppie, en de smaak van een groene appel in zijn mond.

Toch heeft Anders een onrustig gevoel in zijn buik.

Het heeft te maken met iets wat er vandaag op school is gebeurd. Iets wat verkeerd is gelopen.

Hij probeert er niet aan te denken, maar hij voelt het toch in zijn buik.

Anders opent zijn ogen en komt overeind.

'Wat is er?' vraagt Elfie.

'Niets,' zegt Anders. 'Had alleen genoeg van het liggen.'

'Kietel mij dan maar,' zegt Elfie, terwijl ze zich met gesloten ogen achterover laat zakken.

Anders pakt het grassprietje en begint haar een beetje verstrooid te kietelen – haar kin, haar mond, haar neus. Ze heeft een lief neusje, vindt Anders.

'Mmm,' zegt Elfie. 'Doorgaan!'

Een tijdje denkt Anders er alleen maar aan hoe lief Elfie eruitziet, wanneer ze met dichte ogen zo glimlacht als ze nu doet. Maar dan komen de gedachten van daarnet weer terug. Hij zou met Elfie over dat onrustige gevoel willen praten, maar hij weet niet hoe hij moet beginnen. Hij weet niet eens goed wat het is.

'Wat vind je van haar?' vraagt hij. 'De nieuwe?'

Elfie komt met zo'n vaart omhoog dat Anders' hand opzij vliegt. Dus daarom doet hij zo vreemd! Hij denkt niet aan haar, Elfie, maar aan het nieuwe meisje. Het meisje dat eruitziet als een mooie pop. Natuurlijk kan hij zich niet langer op Elfie concentreren, nu hij haar heeft ontmoet.

'Weet niet,' antwoordt ze. 'Ik ken haar niet. Maar ze is wel knap.'

'Knap?' herhaalt Anders verbaasd.

'Ja,' antwoordt Elfie. 'Dat is ze toch?'

'Ze ziet er streng uit,' zegt Anders. 'En ze heeft enge nagels. Net klauwen.'

Elfie is zo opgelucht dat ze begint te lachen. Het was niet het nieuwe meisje aan wie Anders dacht, maar hun nieuwe juffrouw: Marie-Louise.

'Waarom lach je?' vraagt Anders.

Maar dat vertelt Elfie niet. Het is niet nodig dat Anders zich gaat afvragen of het nieuwe meisje knap is. Als hij dat nu zelf nog niet heeft ontdekt...

'Jessica was aardiger,' zegt ze daarom.

Daar is Anders het mee eens.

Thuis bij Elfie zitten Elin en Madde aan de keukentafel en praten over de jongens uit hun nieuwe klas.
Elin vindt een jongen die Alex heet heel knap; Madde vindt een andere knapper. Ze maken er bijna ruzie
om.

Belachelijk, denkt Elfie.

Mama is bezig met het avondeten.

'Waar is papa?' vraagt Elfie.

'Boven,' antwoordt mama. 'Hij is aan het pakken.'

Elfie loopt de trap op naar de slaapkamer van haar
ouders. Daar staat papa voorovergebogen over een
koffer die open op het bed ligt.

'Hé Elfie,' zegt hij. 'Hoe was het op school?'

'Goed,' zegt Elfie. 'We hebben een nieuwe juffrouw.
En er is een nieuw meisje in de klas.'

Ze wacht tot papa verder zal vragen, maar dat doet
hij niet. Hij trekt de la van een kastje open en pakt
verschillende paren sokken, die hij in de koffer legt.

'Wanneer vertrek je?' vraagt Elfie.

'Morgenochtend vroeg,' antwoordt papa.

'Hoe lang blijf je weg?'

'Acht weken.'

Elfie zucht. Zo gaat het nou altijd. Papa vertrekt om ergens ver weg van huis te gaan werken, en Elin, mama en Elfie blijven alleen achter. Dat komt omdat papa werkt als geluidstechnicus bij het opnemen van een film.

De hele eerste helft van het jaar was papa weg voor zijn werk, en mama was chagrijnig en verdrietig. Tijdens de zomervakantie is alles weer goed gekomen, maar nu begint het vast weer van voren af aan.

'Waarom kun je niet thuisblijven?' vraagt Elfie.

'Ik moet toch werken.'

'Anders' vader werkt ook, maar die komt iedere dag thuis. En de vader van Filippa ook.'

'Het ligt aan het soort werk dat iemand doet,' zegt papa. 'In mijn geval is het zo.'

'Je kunt toch ander werk doen,' vindt Elfie.

'Lieve meid,' zegt papa, 'dit is waar ik goed in ben. Wat ik leuk vind om te doen.'

'Ja, maar wij dan?' vraagt Elfie. 'Elin en ik? En mama? Zij heeft altijd een slecht humeur, als jij er niet bent.'
Nu is het papa's beurt om te zuchten.
'Dat weet ik,' antwoordt hij. 'Maar ik weet niet wat ik eraan moet doen.'
Op dat moment roept mama van beneden uit de keuken dat het eten klaar is. Papa klapt zijn koffer dicht en Elfie mag erbovenop gaan zitten, terwijl hij hem op slot doet.

Het nieuwe meisje uit de klas heet Melissa. Het is een mooie naam, vindt Anders. Ongewoon, maar mooi. Melissa kan goed tekenen, maar is slecht in rekenen. Vaak snapt ze het niet, wanneer Marie-Louise hun sommen uitlegt. Dan helpt Anders haar.

Soms leent Anders een pen of een gummetje van haar, wanneer hij zijn eigen spullen heeft vergeten. Ze vindt het altijd goed om het uit te lenen.

Anders heeft niets op Melissa tegen, integendeel. Maar zodra de lessen afgelopen zijn, vergeet hij gewoon dat ze er is. Dan trekt hij op met Danne en de andere jongens, of met Elfie.

Elfie praat nooit met Melissa. De eerste dagen vraagt Filippa een paar keer of ze in de pauze niet naar haar toe zullen gaan, maar Elfie wil niet, ook al ziet ze dat Melissa meestal alleen staat.

Eigenlijk is er geen enkele reden waarom zij Melissa

niet aardig zou vinden. Maar telkens als Elfie haar hoofd met de blonde haardos naar de donkere krullen van Anders toe gebogen ziet, wordt het zwart voor haar ogen. Ze haat Marie-Louise omdat zij Anders gedwongen heeft om naast Melissa te gaan zitten, en ze haat Melissa gewoon omdat ze er is.

Anders vindt Marie-Louise ook niet aardig. Hij vindt haar streng en onrechtvaardig.
Het lijkt wel of Marie-Louise die allereerste dag dat ze Anders onder ogen kreeg, besloten heeft dat hij een lastpost was. Alsof ze dacht dat hij expres struikelde en zijn rugzak liet vallen om de boel op stelten te zetten of om lollig te zijn. Altijd heeft ze wat op hem aan te merken. Hij hoeft zijn stoel maar een beetje te verschuiven of ze is al boos.
Anders vertelt aan zijn moeder over Marie-Louise. Zij luistert aandachtig en 's avonds belt ze Marie-Louise op. Na afloop zegt ze dat ze denkt dat Marie-Louise begrepen heeft dat Anders zich onrechtvaardig behandeld voelde en dat ze daar zeker wat aan zou doen.

Een paar dagen gaat het beter. Maar dan is het weer het oude liedje.

Toch is dat niet het ergste. Het ergste zijn Ruben, Joel en de andere jongens.

Ruben en Joel noemen hem geen Anders meer, maar 'meidengek'. Algauw wordt dat woord door de hele klas gebruikt, en zelfs door jongens uit groep 7.

'Daar heb je de meidengek!' krijgt Anders op het schoolplein en in de gangen te horen.

Hij is het niet gewend dat hij gepest wordt. Dat is hem nooit eerder overkomen.

Elfie lijkt niets te merken. Anders zou met haar willen praten over de pestende jongens, maar op de een of andere manier kan hij dat niet. Hij zegt evenmin iets tegen zijn ouders. Hij denkt dat volwassenen er toch niets aan kunnen doen hoe kinderen met elkaar omgaan.

Danne merkt het natuurlijk wel.

'Ben je van plan om ze hun gang te laten gaan?' vraagt hij, als Ruben en Joel een kusje in de lucht geven telkens als ze Anders zien.

'Wat kan ik eraan doen?'

'Ze op hun bek slaan,' zegt Danne. 'Of het uitmaken met Elfie.'

Anders houdt niet van vechten. Hij is er trouwens van overtuigd dat hij er zelf van langs zou krijgen, als hij Ruben en Joel zou aanpakken.

En het uitmaken met Elfie? Nooit van zijn leven!

Als papa vertrokken is, duurt het maar een week voordat mama geïrriteerd met de afwas begint te smijten en om kleinigheden tegen Elfie en Elin uitvalt. Op een avond hoort Elfie mama door de telefoon ruzie maken met papa.

'Waarom heb jij eigenlijk een gezin?' sist mama door de hoorn. 'Je bent toch nooit thuis!'

Later komt Elfie erachter dat mama boos was omdat papa niet thuis zou komen op Elins dertiende verjaardag, al viel die op een zaterdag. Hij moest het hele weekend werken.

Elin zelf lijkt zich er niet druk om te maken. Ze loopt rond met een verdwaasde uitdrukking op haar gezicht en kladdert haar hele collegeblok vol met hartjes en 'Alex'.

'Heb je verkering met Alex?' vraagt Elfie.

'Bemoei je er niet mee!' zegt Elin.

Elfie vraagt niets meer. Verliefde mensen moet je niet lastigvallen met domme vragen.

Nu mama een slecht humeur heeft en Elin met rust gelaten wil worden of zich met Madde op haar kamer opsluit, is Elfie het liefst ergens anders. Bij Anders of bij Filippa.

Wanneer Elfie op een middag van Anders op weg is naar huis, komt ze Filippa tegen. Niet alleen, maar samen met Melissa.

Elfie ziet Filippa en Melissa eerder dan zij haar zien. Ze lopen gearmd te praten.

Elfie vraagt zich af waar ze het over hebben. Over haar?

Filippa kijkt een beetje verlegen, wanneer ze elkaar tegenkomen. Elfie zegt alleen maar 'dag' en loopt vlug door.

De volgende dag neemt ze Filippa op het schoolplein even apart.

'Je had wel iets kunnen zeggen,' zegt Elfie.

'Wat dan?'

Filippa's ronde ogen kijken verbaasd.

'Dat je vriendin bent met Melissa,' zegt Elfie.

'Jij gaat altijd met Anders mee na schooltijd,' zegt
Filippa. 'Met wie moet ik dan spelen, dacht je?'
'Ik speel toch net zo vaak met jou,' probeert Elfie.
'Nee, dat doe je niet,' antwoordt Filippa nijdig.
'Maandag en dinsdag was je bij Anders. En gisteren.
En bijna alle dagen van de week daarvoor. Dan lijkt
het er toch een beetje op dat je mijn vriendin niet
meer wilt zijn.'

Elfie weet dat Filippa gelijk heeft. Ze probeert even
vaak af te spreken met Filippa als met Anders, maar
het pakt anders uit. Pas als Anders voetbaltraining
heeft of heeft beloofd om met Danne te spelen, gaat
ze met Filippa mee naar haar huis.
'Sorry,' zegt ze. 'Natuurlijk wil ik dat wel.'
'We kunnen met ons drieën vriendinnen zijn,' zegt
Filippa. 'Jij, ik en Melissa.'
Elfie schudt haar hoofd. Nee, dat gaat niet.
'Waarom niet?' wil Filippa weten. 'Ze is echt heel aardig.'
Maar Elfie kan het niet uitleggen. Zelfs aan Filippa
kan ze niet vertellen dat ze jaloers is op Melissa,

omdat zij knap is en naast Anders in de klas zit. Ze weet dat het belachelijk zou klinken, als ze dat zou zeggen. Maar toch voelt ze het zo; ze kan er niets aan doen.

'Tjee zeg, wat ben jij koppig,' zegt Filippa.

Maar dan lacht ze en begint plannen te maken wat ze na school zullen gaan doen.

Op Elins verjaardag maken Elfie en mama haar wakker met taart en cadeautjes. Maar niet eerder dan
negen uur, want dat wilde Elin niet. Papa belt op om
haar te feliciteren. Daarna komt Madde met nog
twee meisjes en eten ze taart. Ze zitten rond de keukentafel en praten, lachen en trekken gekke gezichten. Elfie snapt niet waar ze het over hebben, want ze
zeggen maar halve zinnen of zelfs dat niet eens:
'En hij vroeg –'
'Maar zíj dan!'
'En?'
'Maar zó – nou zeg!'
Elfie snapt er niets van, maar Elin en haar vriendinnen lijken elkaar precies te begrijpen. Het is net een
geheimtaal.
Als de meisjes naar huis zijn, zegt mama terwijl ze de
tafel afneemt: 'Ik wilde om een uur of vijf gaan eten.
De film begint om kwart voor zeven.'

'Film?' vraagt Elin.

'We gaan toch altijd…' begint mama.

Op Elins verjaardag gaan ze altijd met z'n allen naar de bioscoop.

'Ik ga vanavond niet naar de film,' zegt Elin. 'Ik ga naar de disco. Maar Elfie en jij kunnen best gaan.'

'Maar het is toch jouw verjaardag!'

'Daarom juist! Mag ik niet eens bepalen wat ik op mijn verjaardag doe?'

Elins stem is schel.

'Natuurlijk mag je dat.'

Mama klinkt vermoeid.

'Het is alleen dat… ik dacht dat we iets samen zouden doen. Met het hele gezin.'

'Papa is er toch niet,' antwoordt Elin. 'Dus dan zijn we niet met het hele gezin.'

Elfie kijkt mama ongerust aan. Dat was een domme opmerking van Elin, vindt ze.

'Goed,' zegt mama. 'Goed, natuurlijk mag je naar de disco als je dat wilt.'

Dan loopt ze snel de keuken uit. Het vaatdoekje ligt nog op tafel.

'Graag,' zegt Anders wanneer Elfie hem vraagt of hij met haar moeder en haar die avond mee wil naar de film. 'Waar gaan we heen?'

'Naar de nieuwe Harry Potter,' antwoordt Elfie.

'Leuk,' zegt Anders.

Ze zitten bij Anders in de huiskamer met Hoppie tussen hen in.

'Denk jij dat wij tieners worden?' vraagt Elfie. 'Ik bedoel, natuurlijk worden we 13, 14 en 15, maar denk jij dat wij net als tieners worden? Dat we over dingen praten waar niemand anders iets van begrijpt, en tegen onze moeders schreeuwen, terwijl die alleen maar aardig proberen te zijn? En dat ik make-up en korte truitjes draag, en dat jij van die joekelvoeten krijgt en zo'n rare stem? Denk je dat?'

'Weet niet,' zegt Anders. 'Zo hoef je misschien niet te worden. Hoewel het bij de meesten wel zo lijkt te gaan.'

'Denk je dat ze het leuk vinden om zo te zijn?' gaat Elfie verder. 'Of denk je dat ze er gewoon niks aan kunnen doen?'

Anders zucht even. Soms vindt hij dat Elfie te veel

vragen stelt. Over dingen die je toch niet kunt weten.

'Weet niet,' zegt hij weer. 'We zien wel. Als we dertien zijn.'

'Ik geloof niet dat ik tiener wil worden,' zegt Elfie. 'Het lijkt me zo vermoeiend. Ik wil liever kind zijn, geloof ik.'

'*Jij* bent vermoeiend,' zegt Anders.

'Is dat zo?'

'Je maakt alles altijd zo ingewikkeld,' zegt Anders. 'Nu is nu en later is later, en dan zien we wel weer.'

'Maar ik wil het weten,' gaat Elfie verder. Ze klinkt bijna boos. 'Jij wilt nooit… nadenken over iets. Niet echt.'

'Nee, want daar ben ik te dom voor,' zegt Anders lachend.

Dan lacht Elfie ook en geeft hem een por in zijn maag. Anders probeert Elfies armen te pakken en zo zijn ze een poosje zogenaamd aan het vechten, eerst op de bank en later op het vloerkleed onder de tafel. Elfie stoot haar hoofd tegen de tafel en Anders moet op de pijnlijke plek blazen. Het blazen gaat over in een kusje en daarna worden het er nog een paar.

Hoppie wil ook meedoen met knuffelen, en als Anders' vader binnenkomt om te vragen of ze honger hebben, liggen ze alledrie dicht naast elkaar onder de tafel.

'Alsjeblieft, alsjeblieft, *alsjeblieft!*' smeekt Anders. 'Ik beloof dat ik helemaal zelf voor ze zal zorgen.'

'Weet je wel hoeveel jongen een konijn per keer kan krijgen?' vraagt zijn vader. 'Wel zeven of acht stuks! We kunnen toch niet het hele huis vol konijnen hebben, dat begrijp je toch zeker wel?'

'We kunnen ze weggeven,' antwoordt Anders. 'Als ze wat groter zijn.'

'En als dan niemand ze wil hebben?'

Anders begint iedereen op te noemen van wie hij weet dat ze een konijntje willen.

'En Elfie kan er een krijgen, als die buiten kan blijven! Haar zusje is alleen allergisch, dus daarom hebben ze geen huisdier.'

'We doen het als volgt,' zegt zijn moeder. 'Jij praat met iedereen die gezegd heeft dat ze een konijntje willen. Zij vragen aan hun ouders of het mag, en die bellen ons dan weer op om dat te bevestigen. Als

jij een thuis vindt voor vijf konijntjes, is het goed.'
Binnen drie dagen heeft Anders het geregeld. Twee
meisjes uit de klas, een jongen van de vroegere BSO
en zijn nichtje Agnes hebben beloofd dat ze een
konijntje zullen nemen. En Elfies moeder heeft
gezegd dat Elfie een konijntje in een hok in de tuin
mag, als ze belooft er zelf voor te zorgen.
'Wie zou volgens jou de vader moeten worden?'
vraagt zijn moeder.
Ook dat heeft Anders geregeld. Een eindje verderop
bij het park woont een gezin dat een paar konijnen
buiten in hokken heeft. Eén ervan is een mooi mannetje. Het is wit met grijze vlekjes.

Op een zonnige zaterdagmiddag staan ze in de tuin
te wachten: Anders, zijn ouders en Elfie. Elfie is een
beetje opgewonden. Als alles goed gaat, krijgt ze een
eigen konijntje. Een vrouwtje moet het zijn, want
anders kan Hoppie niet met dat van haar spelen, als
het groot is. Als ze tenminste niet nog meer jonge
konijntjes willen, natuurlijk.
En als Hoppie en het vreemde mannetjeskonijn

elkaar nou niet aardig vinden? piekert Elfie. Misschien willen ze samen wel helemaal geen jonkies maken. Konijnen hebben vast ook gevoelens.

Nu stopt er een auto op straat.

'Hier is het,' zegt een mannenstem.

Er zijn twee kinderen meegekomen van het gezin met het mannetjeskonijn. Een klein jongetje en een meisje dat Elfie wel kent. Ze zit in groep vijf.

Hoppie is nog binnen. Het mannetjeskonijn mag een tijdje alleen in haar ren zijn om te wennen.

Hij huppelt wat rond en snuffelt aan de grond. Dan eet hij wat gras en steekt zijn neus in de lucht om te ruiken.

'Je kunt haar er nu wel bij zetten,' zegt de vader van de twee kinderen.

Anders gaat naar binnen en haalt Hoppie. Hij houdt haar stevig in zijn armen en geeft haar een zoen op haar neus, voordat hij haar in de ren loslaat.

'Wat is ze mooi!' zegt het meisje. 'Het worden vast heel schattige kleintjes.'

De konijnen ruiken en snuffelen aan elkaar. Hoppie eet wat gras. Het mannetje kijkt toe en spitst zijn oren. Hij draait rondjes om Hoppie heen, steeds kleiner en kleiner. Hoppie maakt een paar sprongetjes en het mannetje doet haar na. Ze blijven staan en kruipen dicht tegen elkaar aan. Hoppie likt het andere konijn over zijn kop.

'Mooi,' zegt papa. 'Ze vinden elkaar aardig.'

Ze zoenen elkaar, denkt Elfie. Net als wij.

Ze kijkt met een schuine blik naar Anders, maar hij is met al zijn aandacht bij wat er in de konijnenren gebeurt.

'Goed zo, Hoppie,' zegt hij. 'Braaf konijn.'

Hoppie gaat op haar buik liggen en tilt haar achterlijf wat omhoog. Het mannetje komt dichterbij en kruipt boven op haar rug.

Het gaat snel. Na een paar seconden al laat het mannetje een geluid horen. Hij glijdt van Hoppies rug af en blijft doodstil op de grond liggen.

Hoppie lijkt onaangedaan. Ze maakt wat sprongetjes en begint weer te eten.

'Juist ja,' zegt de vader van de kinderen. 'En nu maar afwachten wat ervan komt.'

Anders' moeder biedt hem in de keuken een kop

koffie aan. De kinderen blijven met Anders en Elfie in de tuin.

'Wij hebben negen konijnen,' zegt het jongetje. 'Vier grote en vijf kleintjes. En een hond en twee katten.'

'Oh,' zegt Anders jaloers.

Elfie begrijpt dat Anders het liefst alle jonge konijntjes zou willen houden. Zelf hoeft ze maar één konijn.

Een dat helemaal alleen van haar is.

In de dagen die volgen na het paren van de konijnen bekijkt Anders Hoppie iedere dag nauwkeurig, wanneer hij uit school thuiskomt. Maar ze ziet er net zo uit als daarvoor en ze gedraagt zich ook niet anders. Misschien is het niets geworden, denkt hij.

Maar juist als Anders van plan is om te vragen of het grijsgevlekte mannetje nog een keer op bezoek mag komen, begint Hoppie zich heel anders te gedragen dan anders. Ze krabt over de bodem van het hok en verzamelt allemaal stro in de verste hoek.

'Nu bouwt ze een nest voor zichzelf en de jonkies,' zegt Anders tegen Elfie.

'Maar het duurt toch nog een paar weken?'

Elfie kijkt twijfelend.

'Dat kan Hoppie toch niet weten,' zegt Anders. 'Zij heeft geen kalender.'

Zelf heeft hij twee kruisjes op de kalender in de

keuken gezet. Eén op de dag dat het mannetje er was, en één een maand later – wanneer de jonkies ongeveer geboren zullen worden.

Het liefst zou Anders de hele dag thuisblijven om voor Hoppie te zorgen. Er is ook niets aan op school. Marie-Louise zit de hele tijd op hem te vitten en de jongens pesten hem. Zelfs Danne staat niet meer helemaal achter hem.

'Het is je eigen schuld,' zegt hij. 'Waarom moet je ook altijd met Elfie optrekken! Meisjes, die…'

Danne maakt zijn zin niet af, maar Anders weet heus wel wat hij bedoelt. Meisjes, die zijn nu eenmaal anders. Leuk en lief – sommige dan – maar niet zoals jongens. Je kunt in de disco met ze dansen, je kunt verkering vragen en opscheppen over het aantal vriendinnetjes dat je hebt gehad. Maar echt met elkaar omgaan zoals Elfie en hij dat doen, elkaar iedere dag zien, alles met elkaar bespreken – nee, dat doet je niet. Niet als je bij de stoere jongens van de klas wilt horen.

Anders hoeft niet zo nodig stoer te zijn, maar wil ook weer niet iemand zijn die altijd wordt uitgelachen.

Hij wil gewoon zichzelf zijn. En met Elfie optrekken zonder geplaagd te worden.

Elfie merkt dat Anders niet blij is. Ze vraagt zich af of dat door haar komt. Misschien wil hij niet meer met haar gaan, maar durft hij dat niet te zeggen. Misschien wil hij liever met Melissa.

Elin is de laatste tijd juist wél vrolijk. Op haar verjaardag, in de disco, hebben Alex en zij verkering gekregen. Bijna iedere avond gaat ze naar het ontmoetingslokaal van school om hem daar te zien. Mama maakt zich zorgen en zeurt dat Elin haar huiswerk moet maken, maar Elin zegt dat ze dat daar doet.

'Dat doet iedereen,' zegt ze.

Elin ziet er anders uit sinds ze op de middelbare school zit. Ouder. Ze maakt zich iedere dag op en ontkrult haar haren met de krultang die ze op haar verjaardag heeft gekregen. Die heeft verschillende onderdelen waarmee je het haar steil, golvend of kroezend kunt maken.

Elfies haar is van zichzelf al steil. Zij zou willen dat ze

allemaal van die kleine krulletjes had, net als Melissa. Op een zondagavond raapt ze haar moed bij elkaar en ze vraagt Elin of ze de tang mag lenen. En omdat Elin verliefd en blij is, biedt ze Elfie haar hulp aan bij het maken van de krulletjes.

Het duurt eindeloos, en Elfie moet doodstil zitten. Eén keer beweegt ze zich even, en meteen komt Elin met de hete tang tegen haar oor. Het doet pijn en ruikt vies.

'Zit stil, zei ik toch,' brult Elin. Ze klinkt helemaal niet meer zo blij en aardig.

Maar Elfies haar wordt wel mooi. Het hangt als een lichte, kroezende wolk om haar gezicht heen.

Elin helpt Elfie om haar haren boven op haar hoofd in een soort knot bij elkaar te doen, zodat het niet meteen weer steil wordt als ze erop slaapt.

Elfie durft nauwelijks te gaan slapen. Ze ligt onbeweeglijk met haar hoofd op haar kussen en voelt voorzichtig met haar hand aan de knot. Haar oor doet pijn, ondanks de zalf die mama op de verbrande plek heeft gesmeerd. Maar uiteindelijk valt ze toch in slaap.

De volgende morgen is Elfies haar nog steeds een kroezende wolk. Ze voelt zich een heel ander iemand, als ze in de spiegel kijkt. Helemaal niet de oude Elfie met het piekhaar.

Misschien krult Melissa haar haren ook met een tang, denkt Elfie. Misschien heeft ze dat leuke haar wel helemaal niet van zichzelf.

Uitgerekend die dag regent het. Elfie begrijpt dat alle krulletjes uit haar haren zullen verdwijnen, wanneer het nat wordt. Hoewel het pas september is en het buiten nog vrij warm is, haalt ze toch een muts te voorschijn, waar ze zorgvuldig al haar haren onder stopt. Voor de zekerheid neemt ze ook haar paraplu mee.

Door regen en wind stapt Elfie stevig door naar school. Het schoolplein is zo goed als verlaten. Iedereen vlucht snel voor het noodweer het schoolgebouw

in. Elfie klapt haar paraplu dicht en rent de poort
door.

Marie-Louise is er nog niet, dus de klas moet in de
gang wachten. Anders staat samen met Danne bij de
deur.

Elfie gluurt of Anders haar kant op kijkt. Dat doet
hij.

Nu, denkt Elfie. Nu zal ik iedereen de nieuwe Elfie
laten zien!

Nu –

'Denk je soms dat het winter is?' vraagt Nathalie.
'Waarom heb je een muts op?'

Elfie trekt zich niets van Nathalie aan. Met een
triomfantelijk gebaar trekt ze de muts van haar
hoofd en laat haar haren rond haar gezicht vallen.

Nathalie barst uit in een schaterlach.

'Wat heb je nou gedaan?' weet ze tussen twee lach-
salvo's uit te brengen. 'Je lijkt wel een trol!'

Jossan lacht ook, en nog een paar andere meisjes.
Melissa grijnst onzeker. Elfie meent dat zelfs Filippa's
mondhoeken wat vertrekken. Maar misschien ver-
beeldt ze zich dat.

Wat is er mis met haar haar?

'Kom,' zegt Filippa en pakt haar bij de arm. 'Kom, we gaan naar de wc.'

Filippa trekt haar mee de wc binnen. Elfie kijkt in de spiegel. Inderdaad, ze ziet eruit als een trol. Haar haar is één grote, wilde warboel. En tussen twee haarplukken door steekt haar oor naar buiten, knalrood en gezwollen.

Filippa kamt Elfies haren met haar eigen borstel. Steeds meer krulletjes verdwijnen. Nog even en ze ziet er weer uit als vanouds.

De oude, vertrouwde Elfie met haar piekerige haren.

Anders snapt niet wat de meisjes aan het doen zijn. Het was iets met Elfies haar. Of met de muts die ze op had. Daarna waren Filippa en zij naar de wc gerend.

Af en toe kijkt hij tijdens de les met een schuine blik naar Elfie. Hij ziet dat ze verdrietig is. Ze laat haar hoofd hangen en gumt hard en nijdig in haar schrift, als ze iets verkeerds heeft opgeschreven.

Anders houdt van Elfie als ze blij is. Dan is het leuk

49

om met haar samen te zijn. Maar als ze verdrietig is, voelt hij nog sterker dat zij en hij bij elkaar horen. Hij wil haar troosten en weer blij maken. Haar aan het lachen maken.

Maar als het pauze is, staat Elfie gauw op en loopt als eerste de klas uit. Recht voor Anders' bank langs, zonder hem één blik waardig te keuren.

Anders legt vlug zijn spullen in zijn kastje en gaat Elfie achterna. Op de trap haalt hij haar in.

'Waar ga je heen?'

'Naar buiten,' zegt Elfie.

'Maar het regent.'

'Dat kan me niet schelen. Het is toch mislukt.'

'Wat?'

Anders begrijpt niet waar Elfie het over heeft.

'Heb je dan niks gemerkt?'

Elfie klinkt nu boos. Anders kijkt aandachtig naar haar en ziet dat haar ene oor helemaal rood en opgezwollen is.

'Wat heb je met je oor gedaan?' vraagt hij. 'Doet het pijn?'

'Ga opzij,' schreeuwt Elfie. 'Je staat in de weg.'

Ze duwt hem opzij en rent de trap af. Anders blijft staan. Hij weet niet wat hij moet doen.

Elfie staat in haar eentje in de regen op het schoolplein. Van de dakgoten druppelt en spettert het. Haar
haren hangen doorweekt en kaarsrecht op haar
schouders.

Het is fout gelopen. Ze is niet veranderd. Niet even
knap geworden als Melissa.

De hele pauze blijft ze buiten op het schoolplein. De
hele dag is ze verdrietig. Het helpt niet dat Filippa
haar probeert te troosten.

'Krullerig haar zou je echt heel goed staan,' zegt ze.
'Het was alleen pech dat het regende. Als je de krultang van je zus mag lenen, help ik je om het nog een
keer te doen.'

Maar Elfie is niet van plan om haar haren ooit nog
te krullen. Waarom zou ze, als Anders het toch niet
ziet?

Na school gaat ze met Filippa mee naar huis. Ze zegt
Anders niet eens gedag.

'Jongens,' zegt Filippa. 'Die snappen er niets van. Die kan het allemaal niets schelen.'

Filippa blijft maar doorpraten over hoe jongens zijn en wat ze doen. Ze zijn nu eenmaal anders. Leuk en aardig – sommige dan – maar niet zoals meisjes. Je kunt in de disco met ze dansen, je kunt verkering met ze vragen en het ook krijgen. Maar je kunt niet met jongens praten. Niet echt. Niet over belangrijke zaken.

Als Filippa dit soort dingen gisteren tegen Elfie gezegd zou hebben, had Elfie haar tegengesproken. Dan zou ze gezegd hebben dat Filippa ongelijk had, dat Anders zo niet was.

Maar vandaag is ze daar niet meer zo zeker van.

Terwijl ze op Filippa's kamer zitten te praten, gaat de telefoon. Filippa loopt de hal in en neemt op.

'Nee, dat gaat niet,' hoort Elfie haar zeggen. 'Vandaag niet. Morgen misschien. Dag.'

Maar Elfie weet het toch al.

Het is Melissa.

Drie dagen lang loopt Elfie onbewogen langs Anders' bank, wanneer ze klas in- en uitgaat. In de pauzes trekt ze de hele tijd met Filippa op. Als hij toenadering zoekt, keert ze hem de rug toe.

Wat heb ik verkeerd gedaan? vraagt Anders zich af. Waarom is ze nou boos?

De derde dag vraagt Anders' moeder of Elfie ziek is. 'Want ik heb haar al een paar dagen niet meer gezien.'

Anders liegt meestal niet tegen zijn moeder. Maar het is voor zijn gevoel allemaal zo ingewikkeld dat hij er zelfs met haar niet over kan praten.

'Ze is verkouden,' verzint hij maar.

Ook met Melissa is er iets raars aan de hand. Soms merkt Anders tijdens de les dat ze hem op een bepaalde manier aanstaart. Nathalie, Jossan en zij sturen briefjes naar elkaar, wanneer Marie-Louise voor het bord staat en hen niet ziet. Op een keer belandt een briefje van Nathalie per ongeluk in het pad naast Anders' bank. Hij raapt het op en geeft het aan Melissa. Dan beginnen Nathalie en Jossan achter zijn rug te giechelen, en Melissa bloost.

Meisjes, denkt Anders. Die doen inderdaad raar. Danne heeft misschien wel gelijk.

De eerste dag wil Elfie gewoon boos zijn op Anders. De tweede dag denkt ze dat het misschien niet zo erg is wat hij heeft gedaan. Dat ze misschien boos is geworden om niks. En de derde dag wil ze dat het nooit gebeurd was.

Het zou niet moeilijk zijn om sorry te zeggen. Ze hebben al vaker ruzie gehad en het weer goedgemaakt.

Als het alleen om Anders en haarzelf zou gaan, was het simpel geweest. Maar nu weet de hele klas dat ze ruzie hebben. En de schaamte die ze voelde toen Nathalie en de andere meisjes haar uitlachten, doet net zoveel pijn als haar verbrande oor.

De vierde dag is een donderdag. Op weg naar school heeft Elfie een beslissing genomen. Vandaag gaat ze met Anders praten. Ze zal zeggen dat het dom van haar was om boos te worden. Dat het zijn schuld niet was. Ze zal hem uitleggen waarom ze verdrietig was. Hij zal het begrijpen. Daar is ze van overtuigd.

Maar ze krijgt de kans niet. Anders trekt steeds met Danne en de jongens op. En zo moedig dat ze midden in een groep jongens op hem afstapt, is ze ook weer niet.

Vrijdag is het hetzelfde liedje.

Als Elfie eraan denkt dat ze Anders het hele weekend niet zal zien, krijgt ze een enorme brok in haar keel van verdriet. Als hij er niet zou zijn, was het iets anders. Maar nu weet ze de hele tijd dat hij thuis is, Hoppie knuffelt of op de bank in de kamer tv zit te kijken of iets anders doet wat ze altijd samen deden.

Ik ga naar hem toe, denkt ze. Vanavond.

Hoe langer het duurt, hoe bozer Anders op Elfie wordt. Boos en teleurgesteld. Ze zou toch wel kunnen zeggen wat er mis is in plaats van hem de rug toe te keren!

'Meisjes,' zegt Danne. 'Laat haar toch barsten. Het kan maar beter uit zijn.'

Beter, denkt Anders. Misschien is het inderdaad beter.

Hij voelt zich stoer als hij dat denkt. Stoer en sterk.

Maar als hij 's avonds in bed ligt, weet hij dat het niet beter is. Het is gewoon ellendig en verdrietig en verschrikkelijk.

Vrijdag komt Nathalie op school naar Danne en hem toe.

'We komen vanavond met een paar bij mij thuis,' zegt ze. 'Wat dansen en zo. In de kelder. Jullie zijn welkom.'

Ieder ander meisje zou gevraagd hebben of ze wel wilden komen. Maar Nathalie vindt het vanzelfsprekend dat ze dat willen.

'Leuk,' zegt Danne. 'Hoe laat?'

'Tegen zessen,' antwoordt Nathalie. 'Neem chips en frisdrank mee.'

Dan draait ze zich om en loopt naar de bank waar Jossan en Melissa op haar zitten te wachten.

'Zie je nou wel,' zegt Danne. 'Er bestaan ook andere meisjes.'

'Moeten we erheen?' vraagt Anders.

'Natuurlijk,' zegt Danne. 'Het wordt superleuk.'

Anders is daar niet zo van overtuigd. Hij voelt zich altijd klein en onzeker bij Nathalie. Hij zou nooit gedacht hebben dat zij Danne en hem voor iets zou uitnodigen. Maar omdat Danne graag wil, besluit hij om mee te gaan.

Wanneer Elfie, Elin en mama vrijdagavond klaar zijn met eten, en Elin naar haar kamer is verdwenen om zich mooi te maken, vraagt Elfie of ze even naar Anders mag.

'Ja hoor,' zegt mama. 'Maar je moet wel om negen uur thuis zijn.'

Mama lijkt er niets van gemerkt te hebben dat ze de hele week niet bij Anders is geweest. Ze heeft er in ieder geval niets over gezegd.

Elfie maakt zich ook mooi. Ze trekt haar nieuwste trui aan en speldt de vlinderbroche op. Als een teken voor Anders.

Tien minuten later belt ze bij hem aan. Anders' moeder doet open. 'Elfie,' zegt ze verbaasd. 'Jij hier?'

'Is Anders thuis?'

Anders' moeder lijkt een beetje in de war.

'Anders is toch bij Nathalie. Ik dacht dat jij ook... maar je was toch ziek?'

Elfie wordt ijskoud vanbinnen. Anders is bij Nathalie. Alleen? Nee, dat is niet waarschijnlijk. Er zijn vast ook anderen. Andere jongens, en meisjes.

Melissa is er ongetwijfeld ook.

'Bedankt,' zegt Elfie en draait zich om.

'Wacht even,' zegt Anders' moeder. 'Is er wat? Is er iets gebeurd?'

Anders' moeder is aardig. Heel even komt Elfie in de verleiding om te blijven en haar te vertellen wat er is gebeurd.

Maar als ze dat doet, gaat ze zeker huilen. Stel je voor dat ze daar zit te huilen en Anders thuiskomt. Dat kan niet.

'Nee hoor,' zegt ze. 'Niets bijzonders.'

'Zal ik Anders vragen of hij je opbelt, wanneer hij thuiskomt?'

'Dat is niet nodig. Maar toch bedankt.'

Ze wil er snel vandoor, voordat Anders' moeder verder vraagt.

Naar huis kan ze niet. Dan begint mama haar uit te horen.

Als papa thuis was geweest, zou ze op zijn schoot willen kruipen om getroost te worden. Maar hij is nog steeds bezig met die stomme filmopnamen.

De enige met wie ze wil praten is Filippa.

Nathalies kelder is een gezellige ruimte met banken, een tafel en de grootste tv die Anders ooit heeft gezien. Op tafel staan schalen chips, flessen frisdrank en glazen.

Anders en Danne zitten op een van de banken en eten chips. Nathalie en Jossan zijn samen aan het dansen.

Er zijn twaalf kinderen in de kelder. Anders, Danne, Viktor en Simon, en nog twee jongens die Anders niet kent. Hij gelooft dat ze in groep zeven zitten.

Behalve Nathalie, Jossan en Melissa zijn er ook nog drie meisjes uit de andere groep zes, die dicht bij elkaar zitten te fluisteren.

Melissa zit in haar eentje, totdat Nathalie haar komt halen om mee te dansen.

Anders voelt zich niet op zijn gemak. Er hangt een bepaalde spanning in de lucht waar hij onrustig van wordt.

'We gaan naar huis,' zegt hij zachtjes tegen Danne.

'Ben jij gek? We kunnen de meisjes niet laten zakken,' zegt Danne. 'Wat vind je trouwens van Jossan. Is ze niet knap?'

Anders kijkt naar Jossan, die met Nathalie en Melissa danst. Maar het is niet haar blik die hij onderschept, maar die van Melissa. Ze lacht en zwiept met haar blonde haar.

'Nou?'

Danne geeft hem een por in zijn zij.

'Ja,' antwoordt hij, terwijl hij probeert zijn stem zo vast mogelijk te laten klinken. 'Ze zijn alledrie knap.'

Filippa's vader doet de deur voor Elfie open.

'Ze zit op haar kamer,' zegt hij, terwijl hij de kamer weer inloopt voor het nieuws op de tv.

Elfie hangt haar jas op en loopt naar boven. De deur van Filippa's kamer is dicht. Ze klopt zachtjes.

'Wat is er?'

Filippa's stem klinkt geïrriteerd.

'Ik ben het. Elfie.'

'Kom binnen,' zegt Filippa.

Filippa zit op haar bed. Ze ziet eruit of ze gehuild heeft. Elfie gaat naast haar zitten.

'Ik haat Nathalie,' zegt Filippa.

'Waarom?'

'Ze geeft vanavond een feestje,' antwoordt Filippa. 'Anders en Danne zijn uitgenodigd. En Melissa. Maar wij niet!'

Het is niet eens in Elfie opgekomen dat Nathalie haar

had kunnen uitnodigen. Ze zijn nooit vriendinnen geweest, ook al zitten ze vanaf groep drie bij elkaar in de klas.

Maar Filippa was voor de zomervakantie heel even dik met Nathalie bevriend, toen ze ruzie had met Elfie. En nu is Filippa bevriend met Melissa. Natuurlijk is ze dan teleurgesteld dat ze niet is uitgenodigd. Er moet een reden voor zijn waarom Nathalie Filippa niet op haar feestje heeft willen hebben, denkt Elfie. Is het omdat Filippa vriendinnen is met haar, Elfie?

'Wat zouden ze doen?' vraagt Filippa.

'Ik weet niet,' antwoordt Elfie.

Een poosje blijven ze stil zitten, dicht tegen elkaar aan. Dan zegt Filippa: 'We gaan erheen!'

'Dat kan toch niet,' zegt Elfie. 'We zijn niet uitgenodigd.'

'Zo bedoel ik het niet,' zegt Filippa. 'We gaan erheen om ze te bespioneren. Vanuit de tuin. Ze zijn vast in de kelder. Je kunt daar door een raam aan de achterkant naar binnen kijken. Dat weet ik.'

Een deel van Elfie wil doen wat Filippa zegt. Maar

een ander deel van haar voelt dat het geen goed idee
is.

'Kom!'

Elfie aarzelt maar heel even.

'Niet te laat thuiskomen,' roept Filippa's vader vanuit de huiskamer, wanneer ze hun jassen aantrekken.

'Gelukkig dat mama niet thuis is,' fluistert Filippa.
'Zij zou me nooit zo laat naar buiten laten gaan zonder te vragen waar we heen gingen.'

Elfie kijkt schuin door de open keukendeur naar de
klok aan de muur. Vijf voor acht. Ze heeft nog een
uur, voordat mama ongerust en boos wordt.

Een uur. Dat moet genoeg zijn.

Alle zes meisjes zijn nu in een dichte kring in het midden van de kamer aan het dansen. Ze wiegen met hun heupen en hun haren vliegen wild in het rond. Vooral het lange, blonde haar van Melissa.

Uit de schaal voor Anders en Danne zijn alle chips verdwenen. Danne stopt net het laatste handje in zijn mond.

'Kom op nou!' roept Nathalie. 'Dansen!'

Ze steekt haar handen uit en trekt de twee grote jongens mee de vloer op. Viktor en Simon volgen.

Anders voelt dat Danne naar hem kijkt, maar hij doet net of hij het niet merkt. Hij blijft zitten waar hij zit.

Dan komt Jossan en begint aan hen te sjorren.

'Kom nou! Jullie zijn hier toch niet alleen om chips te eten, wel?'

'Nee-ee,' antwoordt Danne. 'Nee, natuurlijk niet.'

Hij gaat staan en loopt achter Jossan aan.

Anders weet niet wat hij moet doen. Hij heeft geen zin om te dansen. Maar hij wil ook niet in zijn eentje blijven zitten. Hij denkt erover om naar huis te gaan, maar hij weet dat Danne dan verschrikkelijk boos op hem zou zijn.

Met tegenzin gaat hij tussen de anderen in staan en begint op de maat van de muziek mee te bewegen.

Na drie, vier snelle liedjes loopt Nathalie naar de cd-speler en zet iets langzamers op. Daarna loopt ze naar een van de grote jongens en slaat haar armen om zijn nek.

Anders ziet dat Danne probeert Jossan naar zich toe te trekken. Maar zij bevrijdt zich uit zijn greep en loopt naar de andere jongen uit groep zeven.

Nu wil Danne misschien ook wel naar huis, denkt Anders.

Maar voordat hij Dannes blik kan onderscheppen, staat Melissa al voor hem.

'Zullen we dansen?'

Ze wacht niet op zijn antwoord, maar legt haar armen om zijn nek en begint te dansen.

Eerst is Anders zo stijf als een etalagepop. Maar Melissa beweegt soepel mee op de muziek en helpt hem om maat te houden. Haar zachte haar kietelt tegen zijn wang. Ze ruikt lekker.

Anders vergeet helemaal dat hij zojuist nog naar huis wilde.

Nathalie woont in een groot huis in een straat waar Elfie nog nooit is geweest. Maar Filippa kent de weg, ook al is het donker. Ze is daar vóór de zomer vrij vaak geweest.

Filippa en Elfie gaan niet door het tuinhek naar binnen, maar sluipen via de boshelling achter het huis de tuin in. Ze moeten zich door een flinke, nogal dichtbegroeide haag heen wurmen. Elfies jas blijft haken aan een tak. Ze moet hem voorzichtig lostrekken.

In de tuin staan allemaal donkere bosjes die hen lijken te beloeren. Het is best eng om daar in het geheim te zijn.

'We hadden een zaklantaarn moeten meenemen,' fluistert Elfie.

'Ben je gek,' fluistert Filippa terug. 'Dat zien ze binnen.'

Voorzichtig lopen ze op het huis af. Op de bovenverdieping brandt geen licht. Op de benedenverdieping is één raam verlicht en door een ander komt het koude, blauwe licht van een tv. Het kelderraam zien ze nog niet.

'Op je hurken,' fluistert Filippa.

Gebukt sluipen ze de hoek om. Nu ziet Elfie het licht van het kelderraam. Een vrij zwak licht. De muziek horen ze ook. Elfie herkent de cd. Elin draait die thuis ook altijd.

Het laatste stukje kruipen ze op handen en voeten. De knieën van Elfies spijkerbroek worden nat van het vochtige gras, en aan haar handen kleeft modder.

Mama zal zeker vragen wat ze heeft uitgevoerd. Ze moet maar iets verzinnen over Anders en Hoppie.

Eindelijk zijn ze bij het raam.

In de kelderruimte brandt gedempt licht. De gestalten die daar bewegen, zijn niet goed te onderscheiden. Lichamen die zich wiegend en ritmisch bewegen.

Dan ziet ze hen.

Anders en Melissa. Dicht tegen elkaar aan. Zijn zwarte krullen en haar blonde.

Anders en Melissa.

Anders doet zijn ogen dicht en danst. Zijn hoofd is helemaal vrij van gedachten. Hij voelt alleen de muziek die via zijn oren naar binnen stroomt en door zijn lichaam trekt. De muziek, en warmte. En Melissa's haar tegen zijn wang.

Wanneer de muziek even zwijgt terwijl Nathalie een nieuwe cd uitzoekt, laat Anders Melissa los. Zwijgend staan ze tegenover elkaar.

'Ik moet naar de wc,' zegt Melissa en verdwijnt de trap op.

Wat doe ik hier? vraagt Anders zich af. Wat gebeurt er?

Zijn blik zoekt Danne.

Danne zit op een van de banken met aan iedere kant een meisje naast zich. Hij vertelt hun iets. De meisjes lachen.

Anders gaat in zijn eentje op de andere bank zitten.

Dan ploft Nathalie naast hem neer.

'Heb je het naar je zin?' vraagt ze.

Het klinkt niet als een vraag maar als een bevel.

'Ja,' antwoordt Anders.

'Melissa is lief,' zegt Nathalie. 'Ja toch?'

'Ja,' antwoordt Anders weer.

'Vind je haar aardig?'

Anders weet niet wat hij moet antwoorden. Het hangt ervan af wat je onder 'aardig vinden' verstaat. Hij voelt zich opgelaten omdat Nathalie hem zo zit uit te horen. Hij staart naar de grond en wou maar dat ze wegging.

Nathalie merkt dat Anders verlegen is en legt dat uit op haar manier.

'Het is zo, hè?' roept ze uit. 'Het is aan je te zien.'

Anders doet zijn mond open om het uit te leggen, maar voordat hij iets kan zeggen, gaat Nathalie verder: 'Melissa wil verkering met je. Ze heeft mij gevraagd of ik het aan jou wilde vragen. Nu het over is tussen Elfie en jou, en dus…'

Het lijkt of hij wakker wordt uit een droom. Verkering met Melissa? In plaats van met Elfie?

Nooit van zijn leven!

'Nou?' vraagt Nathalie. 'Wil je met haar gaan?'

Anders schudt van nee.

Dan vlucht hij weg. Op de trap knalt hij tegen Melissa aan, die juist naar beneden loopt, maar het komt niet in hem op om sorry te zeggen.

Elfie zit op een rotsblok op de boshelling te huilen. Filippa zit op haar hurken voor haar en probeert haar te troosten.

'Ze waren alleen aan het dansen,' zegt ze. 'Zo erg is dat toch niet?'

Maar Elfie heeft een glimp van Anders' gezicht opgevangen. Ze heeft gezien hoe gelukkig hij keek.

Als ze eraan denkt, voelt ze een scherpe pijn, alsof er een mes door haar lichaam steekt.

Omdat de boshelling achter Nathalies huis ligt, zien de twee meisjes niet dat de voordeur opengaat en een jongen met zwart krulhaar de straat oprent. Pas een hele tijd later, wanneer ze stemmen horen aan de voorkant van het huis, zegt Filippa: 'Ze gaan nu weg. Misschien moeten we...'

Elfie vliegt overeind.

'Hoe laat is het?'

'Kwart over negen,' antwoordt Filippa.

'O nee hè!'

Nu wordt mama ook nog boos. Dat is meer dan ze kan hebben.

'Ik kan wel met je meegaan,' zegt Filippa. 'En zeggen dat het mijn schuld is dat het zo laat is.'

'Bedankt,' antwoordt Elfie. 'Maar ik denk niet dat het helpt.'

Het eerste dat mama zegt als ze thuiskomt, is: 'Weet je wel hoe laat het is?'

En daarna zegt ze: 'Wat is er met je broek gebeurd?'

En dan: 'Had je die vlinderbroche niet op toen je wegging? Die je van Anders hebt gekregen?'

Elfie kijkt omlaag naar haar trui. De vlinderbroche is verdwenen.

Misschien ligt hij in de tuin van Nathalie. Of op de boshelling erachter.

Elfie was van plan geweest om tegen haar moeder te zeggen dat Anders en zij Hoppie mee de tuin in hadden genomen en dat die er weer vandoor was gegaan. Dat ze haar hadden moeten vangen. Dat ze daarom zo laat thuis was, en haar broek zo smerig was.

Maar als ze ziet dat de vlinder weg is, kan ze geen woord uitbrengen. Ze kan alleen maar weer huilen.

'Maar kindje toch,' zegt mama. 'Wat is er gebeurd?'

Dan kijkt ze ineens heel erg ongerust.

'Elfie? Er is toch niemand die je pijn heeft gedaan?'

Elfie schudt haar hoofd. Nee, niemand heeft haar pijn gedaan. Niet op de manier die mama bedoelt.

'Het is Anders,' zegt ze. 'Hij... hij...'

'Hebben jullie ruzie gemaakt?'

'Nee, dat niet,' fluistert Elfie. 'Het is alleen uit.'

Mama vraagt niet verder. Ze laat voor Elfie een warm bad vollopen en doet er extra veel van haar lekkerste badschuim bij. Dan gaat ze op de badrand zitten; heel af en toe zegt ze wat, maar de meeste tijd zwijgt ze. Als Elfie uitgebaderd is, slaat mama een groot badlaken om haar heen en droogt haar af, precies zoals ze deed toen Elfie klein was.

'Ik kan je niet naar je bed toe dragen,' zegt ze glimlachend. 'Je bent zo groot geworden, Elfie.'

Maar ze gaat mee wel naar boven en stopt Elfie in.

'Probeer maar te slapen,' zegt ze. 'Je zult zien dat het morgen beter gaat.'

Elfie weet dat dat niet zo is. Morgen en overmorgen zal ze zich net zo voelen.

En nog meer op maandag, wanneer ze naar school moet en Anders en Melissa ziet.

Het hele weekend loopt Anders zich zorgen te maken over hoe het maandag op school zal gaan. Hij wil Elfie en Melissa geen van tweeën zien. En Nathalie ook niet. En Ruben en Joel niet, want die zullen zeker van Viktor en Simon gehoord hebben wat zich bij Nathalie thuis heeft afgespeeld. Dan wordt hij een nog grotere meidengek genoemd.

'Elfie was gisteravond nog aan de deur,' zegt zijn moeder bij het ontbijt. 'Was zij niet uitgenodigd bij Nathalie? Wat raar.'

Anders weet niet wat hij moet zeggen. Gelukkig gaat op dat moment net de telefoon. Het is Danne, die maar blijft doorpraten hoe leuk het bij Nathalie was. Hij wil weten waarom Anders er ineens vandoor is gegaan, maar Anders heeft geen zin om het te vertellen.

'Ik was moe,' zei hij. 'En Hoppie wil niet alleen zijn, nu ze jongen krijgt.'

'Jammer,' zegt Danne. 'Ik vond het geweldig. Ik hoop dat Nathalie ons nog vaker uitnodigt.'

Anders is er vrij zeker van dat hij nooit meer door Nathalie zal worden uitgenodigd. Maar dat zegt hij niet tegen Danne. In plaats daarvan spreken ze af om te gaan oefenen met werpen in de basketbalmand bij Dannes garage.

Meestal gooit Anders raak. Maar vandaag mist hij voortdurend en na een tijdje heeft hij er genoeg van. Danne wil naar het schoolplein om te kijken of er andere jongens zijn, maar Anders heeft daar geen zin in. Ze hangen nog wat rond, maar weten niet wat ze moeten doen. Dan gaat Anders naar huis.

Zondag gaat Anders met zijn ouders op bezoek bij zijn tante en oom. Zij wonen een eind buiten de stad. Hoppie mag mee in zijn mand. Het is leuk om zijn neefjes en nichtjes weer te zien, en het is ook fijn om zo'n eind van huis weg te zijn. Een paar uur lang denkt Anders niet aan Elfie of aan wat er in Nathalies kelder is gebeurd.

Maar in de auto terug naar huis wordt hij weer onrustig. Hoe meer de maandagochtend naderbij komt, hoe ongemakkelijker hij zich voelt. Zijn moeder merkt het en vraagt wat er is. Maar Anders heeft geen puf om het uit te leggen. Er is zoveel gebeurd sinds de school weer begonnen is, en hij weet niet waar hij moet beginnen.

'Weet niet,' antwoordt hij alleen. 'Ik voel me een beetje raar.'

'Je wordt toch niet ziek?'

'Geen idee.'

Zijn moeder voelt aan zijn voorhoofd en meent dat hij misschien wat warm aanvoelt. Ze wil dat hij zijn temperatuur opneemt, maar Anders vindt dat dat tot morgen kan wachten. Hij gaat nu toch zo naar bed.

De volgende ochtend heeft Anders buikpijn. En als hij het goed voelt, heeft hij ook een beetje koorts, ook al geeft de thermometer maar 37,2 aan.

Zijn moeder drukt op zijn buik en vraagt waar het pijn doet.

'Hier,' zegt Anders. 'Hier voel ik het.'

'Maak je je ergens zorgen over?' vraagt zijn moeder. 'Over iets op school?'

Anders schudt zijn hoofd.

Zijn moeder moet vlug naar haar werk. Ze vraagt niet verder, maar zegt alleen dat hij thuis mag blijven.

'Als je je straks beter voelt, kun je altijd nog naar school gaan.'

Zijn vader zegt dat hij 's ochtends thuis kan werken, dus dan is Anders niet alleen. Hij belt de school op en vertelt dat Anders ziek is.

Anders blijft in bed liggen. Hij trekt het dekbed over zijn hoofd. Hij is toch echt ziek, want na een tijdje valt hij in slaap.

Het liefst zou Elfie niet naar school gaan, maar ze weet dat ze moet. Ze schiet er trouwens ook niets mee op om het uit te stellen. Vroeg of laat moet ze er toch naartoe.

Filippa lijkt te begrijpen hoe Elfie zich voelt. Zonder dat ze het hebben afgesproken wacht ze haar op de hoek vlak bij school op. Ze steekt haar arm door die van Elfie en geeft haar een bemoedigende por in haar zij.

'Je zult zien dat het allemaal meevalt,' zegt ze.

Als ze op het schoolplein komen, kijkt Elfie vlug om zich heen.

Daar staat de groep jongens. Danne is er, maar Anders niet.

Een stukje verder staan Nathalie, Jossan en Melissa met z'n drieën dicht bij elkaar.

Filippa ziet hen ook. Behoedzaam maar vastberaden stuurt ze Elfie de andere kant op.

Als iedereen in de klas zit, kijkt Elfie van opzij naar Anders' bank. Is hij ziek?

Dan ziet ze het.

Er glanst iets blauws op Melissa's lichte trui. Iets blauws met een beetje zilver.

Haar vlinderbroche.

Elfie weet dat ze hem verloren moet hebben toen Filippa en zij door Nathalies tuin slopen. Maar toch voelt ze zich of iemand hem van haar gestolen heeft.

Filippa heeft de broche ook gezien. Er schittert iets zwarts en bozigs in haar ogen.

In de pauze zegt ze tegen Elfie: 'Blijf hier wachten. Ik moet even iets vragen.'

Elfie ziet dat Filippa naar Melissa, Nathalie en Jossan toe gaat, maar ze staat te ver weg om te horen wat Filippa zegt en Melissa antwoordt.

Wanneer ze ziet dat Melissa haar kant op kijkt, wendt Elfie haar blik af. Ze wil niet dat de andere meisjes merken dat ze nieuwsgierig is. Koppig blijft ze een hele tijd de andere kant op kijken.

'Elfie?'

Melissa staat een paar meter van Elfie vandaan.

Ze houdt iets in haar hand.

'Hier,' zegt ze.

In haar uitgestoken hand ligt de vlinderbroche.

'Ik wist niet dat hij van jou was,' zegt Melissa. 'Nathalie vond hem in haar tuin. Ik dacht... wij dachten dat hij daar al heel lang had gelegen.'

Liegt ze? Misschien niet. Elfie heeft de broche dit schooljaar nog maar één keer gedragen. Dat was op de eerste schooldag, en misschien heeft Melissa hem toen niet gezien.

Maar Nathalie weet het wel. Ze heeft Elfie er nog mee geplaagd, toen ze hem voor de vakantie van Anders had gekregen.

'Pak hem dan,' zegt Melissa. 'Hij is toch van jou.'

Elfie besluit om Melissa te geloven.

'Bedankt.'

Melissa kijkt alsof ze nog iets wil zeggen, maar niet weet hoe. Ten slotte komt het: 'Ik weet van wie je hem hebt gekregen. Filippa heeft het verteld. Jij bent het die hem hoort te hebben, want hij is verliefd op jou. Niet op mij. Als je dat soms dacht.'

Dan draait ze zich vlug om en loopt weg.

Elfie blijft staan en klemt haar hand hard om de broche. De naald prikt in haar handpalm. Het doet pijn, maar zelfs in haar jaszak houdt ze haar hand de hele tijd om de broche, alsof ze bang is dat ze hem weer zal verliezen.

Als ze haar jas buiten voor de klas ophangt, neemt ze de broche mee naar binnen en doet hem in haar rugzak.

De naald heeft een klein wondje in haar handpalm achtergelaten. Elfie drukt er zo hard op dat er een druppeltje bloed uitkomt.

Hartenbloed, denkt Elfie.

Ze weet niet hoe ze aan dat mooie, maar akelige woord komt.

Anders hoort ergens ver weg de telefoon rinkelen.
Hij maakt zich er niet druk om. Hij maakt zich nergens meer druk om.

Zijn vader verschijnt in de deuropening.

'Anders? Slaap je?'

'Mmm... nee,' zegt Anders.

'Elfie is aan de telefoon,' zegt zijn vader. 'Ze klonk alsof het heel dringend was. Kun je met haar praten?'

Anders schiet zijn bed uit. Alle vermoeidheid en somberheid zijn verdwenen.

'Kalm maar,' zegt zijn vader lachend. 'Ze wacht heus wel.'

Anders pakt de telefoon op de overloop. Zijn vader loopt de trap af, zodat hij in alle rust kan praten.

'Hallo?'

'Met Elfie,' zegt Elfies stem door de telefoon.
Het klinkt klein en zielig.

'Fijn dat je belt,' zegt Anders.

Dan komen de woorden in één grote stroom door de telefoon: 'Ik heb de broche teruggekregen en ik weet jij hem niet hebt gegeven en ik was zo verdrietig toen ik zag dat je met haar danste en daarvóór was ik boos omdat je niet had gezien dat ik mijn haar had gekruld en toen wilde ik niet met je praten en dat was dom van me maar ik was verdrietig omdat jij haar leuker vond dat mij…'

'Wacht even,' zegt Anders. 'Ik snap er niets van.'

Elfie moet het nog een paar keer uitleggen, voordat Anders het eindelijk snapt. Daarna moet Anders uitleggen wat er bij Nathalie thuis is gebeurd. Dat neemt nogal wat tijd in beslag. Na een tijdje komt zijn vader de trap weer opgelopen en slaat een deken om hem heen, zodat hij het niet koud krijgt.

'Ben je heel erg ziek?' vraagt Elfie.

'Dat valt wel mee,' antwoordt Anders.

'Want anders kan ik wel langskomen,' zegt Elfie. 'Na school.'

'Dat is goed,' zegt Anders.

Elfie heeft de telefoon van hun vroegere BSO mogen gebruiken. Eigenlijk mag dat niet, maar Barbro begreep dat het belangrijk was.

Als ze de hoorn weer op de haak heeft gelegd, voelt haar hele lichaam licht aan. Ze heeft zin om te dansen en te springen. Het liefst zou ze direct naar Anders zijn gerend, maar ze moet wachten tot de school uit is. Ze vertelt aan Filippa dat ze Anders heeft gesproken en dat alles weer goed is.

'Dat zei ik toch al,' zegt Filippa.

De rest van de schooldag duurt eindeloos. Het laatste uur kan Elfie nauwelijks meer stilzitten in haar bank. Zodra ze klaar zijn, pakt ze haar rugzak en rent ervandoor. Vijf minuten later staat ze hijgend bij Anders voor de deur.

Hij doet zelf open.

'Ik heb je boeken meegebracht,' zegt Elfie. 'Voor het geval je lang thuis moet blijven.'

'Dat is niet nodig. Ik kom morgen weer, denk ik.'

'Ben je nu beter?' vraagt Elfie.

'Bijna,' antwoordt Anders.

'Mooi,' zegt Elfie.

'Weet je wat?' zegt Anders. 'Ik hou van steil haar. Dat is veel mooier dan gekruld.'

Hoppie wordt dikker en dikker. Meestal is ze lief en aanhalig, net als anders, maar soms lijkt ze nerveus en één keertje probeert ze Elfie in haar vinger te bijten.

'Daar kan ze niks aan doen,' zegt Anders. 'Ze worden iets agressiever wanneer ze jongen krijgen.'

Een week voordat volgens hen de jonge konijntjes geboren zullen worden, verversen Anders en Elfie al het hooi en stro in Hoppies kooi en zetten er een doos bij. Daar kan Hoppie haar jongen in krijgen.

Elke ochtend rent Anders de trap af om te kijken of de jongen die nacht geboren zijn. En iedere middag haasten Elfie en hij zich uit school om te zien of er al iets gebeurd is.

Maar het enige dat er gebeurt, is dat Hoppie stro de geboortedoos in trekt en uit de vacht op haar eigen buik haartjes plukt om het nest zacht en warm te maken. Voor de rest ligt ze meestal stil te hijgen.

De aangekruiste dag op de kalender komt en gaat. De volgende ochtend is de geboortedoos ook leeg. Maar als Anders en Elfie 's middags uit school komen, is er geen Hoppie in de kooi te bekennen.

Voorzichtig tilt Anders de deksel van de doos op. Daar ligt Hoppie. Om haar heen kruipen vier naakte, roze jongen. Met hun grote kopjes en achteroverliggende oren lijken ze meer op muizen dan op konijnen.

'O, wat zijn ze klein!' roept Elfie.

'Kijk,' zegt Anders. 'Ze zijn helemaal blind.'

'Hoort dat zo?'

'Hun ogen gaan pas na een week open,' antwoordt Anders. 'En ze horen ook niks, al hebben ze oren.'

Anders aait Hoppie en praat even tegen haar. Daarna legt hij de deksel weer terug op de doos.

'We kunnen ze maar beter met rust laten.'

De jongen groeien snel. Na een week beginnen ze al op kleine konijntjes te lijken. Ze hebben donzige haartjes, en het is duidelijk dat twee van hen helemaal grijs zullen worden, net als hun moeder, en de andere twee gevlekt als hun vader. Eén van hen heeft zijn oogjes al open, en niet lang daarna hebben de andere dat ook.

In de tweede week komen de jongen uit de doos en lopen ze een beetje slingerend door de kooi. Hun vacht is wolliger geworden en hun staartjes steken van achteren een eindje uit. De jongen proberen zich te likken, maar verliezen de hele tijd hun evenwicht. Wanneer het etenstijd is kruipen ze alle vier onder Hoppies buik en gaan op hun rug liggen drinken.

Elfie kan er niet genoeg van krijgen om naar de jonge konijntjes te kijken. Zoiets schattigs heeft ze nog nooit gezien. En één ervan wordt van haar.

Ze proberen te ontdekken welke van de jongen mannetjes zijn en welke vrouwtjes, maar dat is moeilijk te zien.

Wanneer de jongen over de keukenvloer beginnen rond te huppelen en op hun achterpoten kunnen zitten zonder om te vallen, stoppen ze ze in de konijnenmand en rijden ermee naar de dierenwinkel waar Anders ooit Hoppie heeft gekocht. Het meisje in de winkel bekijkt de jongen nauwkeurig en zegt dat drie ervan mannetjes zijn en één een vrouwtje.

Het vrouwtje is een van de gevlekte jongen. Elfie doopt haar Vlekje, naar een konijn uit een boek dat ze had toen ze klein was.

Vlekje wordt háár konijn.

Het is nu herfst. De bladeren vallen van de bomen en liggen in ritselende hoopjes op de grond. Het wordt al vroeger donker 's middags, en Anders en Elfie moeten zich na school haasten om de jonge konijntjes nog even mee naar buiten te kunnen nemen voordat het te donker is. Vlekje en nog een konijntje zullen buitenkonijnen worden, dus die moeten eraan wennen. Maar ze vinden het alle vier heel leuk om rond te huppelen in de ren.

De jongen worden steeds ondernemender en speelser. Buiten proberen ze holletjes te graven in de grond en binnen willen ze overal aan knagen. Als ze moe zijn, kruipen ze allemaal dicht tegen elkaar aan, totdat er weer eentje boven op de andere begint te klauteren.

Anders boft dat hij konijnen heeft. Ze maken hem blij.

Op school is het niet leuk. Ruben en Joel pesten hem nog steeds en ze krijgen een aantal anderen ook zover om eraan mee te doen. Iedereen uit zijn eigen klas en de parallelklas heeft het verhaal te horen gekregen dat Anders ervandoor is gerend toen Nathalie vroeg of hij met Melissa wilde gaan.

Melissa zelf doet net of hij niet bestaat. Ze vraagt hem nooit meer om hulp bij sommetjes, en als hij vraagt of hij een pen mag lenen, gooit ze die zó op zijn bank, zonder iets te zeggen of hem zelfs maar aan te kijken.

Danne en Anders zijn nog steeds vrienden, maar het is niet meer zoals vroeger. Danne wil het liefst met een grote groep jongens optrekken, niet alleen met Anders. Maar Anders voelt zich een buitenstaander en is bang gepest te worden. Een paar maal is Danne samen met Viktor en Simon en Nathalies vriendinnetjes bij Nathalie thuis geweest. Anders wordt nooit gevraagd. Het kan hem niet schelen, maar hij voelt wel dat de kloof tussen Danne en hem groter wordt.

Anders wil niet dat hij gedwongen wordt om te kiezen tussen Elfie en zijn vrienden. Toch gaat het meer en meer die kant op.

Elfies vader is thuis van de filmopnamen. Maar haar moeder is toch niet blij. Soms hoort Elfie hen 's avonds ruzie maken in hun slaapkamer. Dan is ze bang dat ze zullen gaan scheiden, maar ze durft niets te zeggen.

Elin heeft het uitgemaakt met Alex. Nu gaat ze met een jongen die Leo heet en in de tweede zit.

'Alex was zo kinderachtig,' zegt ze.

'Maar je was toch verliefd op hem?' zegt Elfie. 'Ontzettend verliefd!'

'Ach,' zegt Elin. 'Dat is zó lang geleden.'

Elfie vraagt zich af hoe een liefde overgaat. Of je dat allebei tegelijk merkt, of dat alleen de één plotseling voelt dat hij of zij nu niet meer verliefd is.

Ze probeert te voelen of ze nog steeds op Anders verliefd is. Soms heeft ze nog vlinders in haar buik, wanneer hij haar aankijkt of wanneer zij zijn krullende haar tegen haar wang voelt. Maar het is niet zoals eerst, toen ze helemaal overliep van blijdschap

als ze hem zag. Ze zijn eigenlijk meer twee heel
goeie vrienden.
Is dat liefde?

Op een ochtend zegt Marie-Louise dat ze gaan oefenen om een spreekbeurt te houden voor de klas. Iedereen moet nadenken over iets wat hij aan de anderen wil vertellen.

Anders hoeft niet na te denken over zijn onderwerp. Dat is duidelijk. Konijnen.

Hij steekt meteen zijn hand op, wanneer Marie-Louise vraagt wie er als eerste wil. Marie-Louise schrijft zijn naam en die van drie anderen op het bord en zegt dat ze het voor vrijdag moeten hebben voorbereid. Ieder moet een verhaaltje van vijf minuten houden.

'Waar ga jij het over hebben?' vraagt hij 's middags aan Elfie, terwijl hij Hoppies vacht borstelt.

'Ik weet niet,' antwoordt Elfie.

Anders wil Elfie helpen om een onderwerp te bedenken, maar wat hij ook voorstelt, Elfie keurt alles af.

'Walvissen?'

'Nee.'

'Kastelen?'

'Nee.'

'Jij kunt ook over konijnen vertellen,' stelt Anders voor. 'Ik help je wel.'

'Dat gaat niet,' antwoordt Elfie. 'Ik moet zelf wat verzinnen.'

Anders gaat naar de bibliotheek en leent vier boeken over konijnen. Iedere avond zit hij in de boeken te lezen. Hij schrijft een lange lijst op van dingen die hij wil vertellen.

Dan is het vrijdag.

Ze hebben zoals altijd rekenen, handenarbeid en Zweeds. Anders begint bijna te geloven dat Marie-Louise het helemaal vergeten heeft.

Echt iets voor haar, denkt hij.

Maar twintig minuten voor het einde zegt Marie-Louise: 'Goed, dan gaan we nu luisteren naar degenen die vandaag iets voor de klas gaan vertellen.'

Eerst vertelt Jossan over een popgroep die ze goed vindt. Ze praat luid en duidelijk en precies vijf minuten lang, en Marie-Louise knikt goedkeurend. Dan leest Viktor zijn verhaal voor van een verfrommeld stukje papier. Het gaat over dinosaurussen. Hij raffelt het af. Linn, die driemaal per week aan schoonspringen doet, vertelt daarover.

Ten slotte is het Anders' beurt. Blij en enthousiast gaat hij voor de klas staan.

'Konijnen,' begint Anders. 'Konijnen zijn knaagdieren. Er zijn een heleboel soorten konijnen. Je hebt reuzenkonijnen, grote, middelgrote en kleine. En dwergkonijnen. Dan zijn er langharige konijnen en angorakonijnen. Bij dwerghangoorkonijnen hangen de oren naar beneden. Konijnen kunnen wit, grijs of bruin zijn. Ze kunnen ook gevlekt zijn. Met grote vlekken, stippels of strepen.'

Anders vertelt verder wat konijnen eten en hoe je ze moet verzorgen. Hij vertelt over toen Hoppie ziek was en ze naar de dierenkliniek moesten. Hij ziet dat Elfie even glimlacht. Dat was de dag waarop het aanging. Anders heeft niet door dat Marie-Louise op de klok kijkt en dat een paar kinderen in de klas onrustig heen en weer schuiven. Hij blijft maar praten. Als hij vertelt hoe konijnen paren, wordt er wat gegrinnikt,

en Ruben schreeuwt: 'Meer! Meer vieze praatjes!'
Anders stoort zich niet aan Ruben.
'De jongen worden na een maand geboren…' gaat hij verder.
'Bedankt,' onderbreekt Marie-Louise hem. 'Zo is het genoeg.'
'Maar…' zegt Anders.
Hij is nog helemaal niet klaar. Hij wilde nog vertellen hoe een moederkonijn voor haar jongen zorgt, en wat een konijn bedoelt wanneer hij met zijn achterpoten op de grond roffelt. En dat konijnen helemaal niet zo stil zijn als veel mensen denken, maar dat je heel goed moet luisteren om te horen wat ze zeggen. En nog een heleboel andere dingen.
Marie-Louise luistert niet naar Anders.
'Vergeet maandag jullie gymkleren niet,' zegt ze. 'En het briefje voor de ouderavond. Dan kunnen jullie nu gaan.'
De klas komt met veel gestommel en lawaai overeind. Anders blijft staan en snapt niet wat er gebeurt.
'Weet je hoe lang je aan het woord was?' vraagt Danne, wanneer ze naar buiten lopen.

'Nee?' antwoordt Anders.

'Twintig minuten,' zegt Danne. 'We hadden om half-drie al moeten stoppen, maar jij ging door tot kwart vóór. Bedankt, hoor!'

Dan ziet Danne dat Anders ongelukkig kijkt. Daarom slaat hij hem op zijn rug en zegt: 'Maar het was in ieder geval goed. Hartstikke goed!'

Op maandag gebeurt het. Wanneer ze na de gymles terugkomen in de klas, pronkt de tekening op het bord.

Twee parende konijnen. Met daaronder 'Anders' en een hart eromheen.

Eigenlijk is er niks vies aan twee konijnen die paren. Maar met de tekening wordt ook nog iets anders bedoeld. Dat voelt Anders wel, maar hij zou niet kunnen zeggen wat het is.

'Kijk!' roept Ruben. 'Anders, de vieze praatjesmaker!'

Joel en de meeste andere jongens lachen. Er zijn bijna alleen maar jongens in het klaslokaal. De meisjes zijn nog niet terug uit de kleedkamer.

Alle onrust en woede die Anders de hele herfst heeft opgekropt, explodeert ineens, als een op oudejaarsavond aangestoken zevenklapper. Bliksemschichten flitsen door zijn hoofd, en hij hoort een vreemd, hoog geluid uit zijn keel komen.

Met beide vuisten ramt hij los op Rubens grijnzende gezicht.

'Kop dicht!' brult hij. 'Hou je kop dicht!'

Eerst is Ruben te verbaasd om zich te verdedigen. Maar dan slaat hij terug. Hij slaat recht in Anders' buik, die naar adem snakt. Dat maakt Anders nog bozer. Weer stort hij zich boven op Ruben.

Dan grijpt een hand met knalrode nagels Anders' schouder vast en rukt hem van Ruben weg.

'Hou onmiddellijk op!' loeit Marie-Louise.

Anders hapt naar adem. Hij kijkt naar Ruben, die een bloedneus heeft. Om hen heen staat de klas en kijkt toe. De meisjes zijn nu ook binnen. Hij vangt een glimp op van Elfie, die er bleek en bang uitziet.

'Hij vloog hem zomaar aan,' zegt Joel. 'Ruben deed helemaal niks.'

'Ja, dat is zo,' zegt Ruben.

'Dat is niet waar,' zegt Danne en wijst naar het bord.

Marie-Louise draait zich om en ziet de tekening.

'Wat bedoel je daarmee?' vraagt ze aan Anders.

'Ik?'

'Ja, jij,' antwoordt Marie-Louise. 'Het is toch jouw naam die eronder staat, of niet soms?'

'Dat ben ik niet,' zegt Anders. 'Ik bedoel…'

'Ik heb schoon genoeg van al jouw geintjes,' onderbreekt Marie-Louise hem. 'Dat je voortdurend maar de clown uithangt en de anderen aan het lachen maakt. Het moet nu echt eens afgelopen zijn. Ga naar het bord en maak het schoon.'

Nu is het Elfies beurt om te exploderen. Zij, die altijd stil is en niet van zich af durft te bijten, kan zich niet langer beheersen, wanneer ze hoort hoe onrechtvaardig Marie-Louise tegen Anders is.

'Hou op!' schreeuwt ze. 'Hoor je niet dat hij dat niet gedaan heeft!'

Marie-Louise richt haar blik op Elfie.

'Weet jij misschien wie het is?'

'Nee, dat weet ik niet! Maar Anders in ieder geval niet. Jij – jij kent hem niet. Je weet niet hoe hij is.'

'Maar jij wel?'

Er ligt een wat spottend glimlachje rond Marie-Louises mond.

Elfie hoort iemand achter zich grinniken, maar ze weet niet wie. De moed zakt haar in de schoenen. Ze knikt alleen zwijgend ten antwoord.

Marie-Louises blik laat Elfie los. Ze richt zich weer tot Anders.

'Nou Anders? Komt er nog wat van?'

Elfie ziet Anders naar het bord toe lopen. Ze ziet dat hij de borstel pakt en de tekening met een paar fikse halen uitveegt. Maar ze ziet ook dat zijn hand trilt.

Ze haat Marie-Louise.

'Wat ga je doen?' vraagt Elfie op de terugweg. 'Je vraagt je moeder toch zeker wel om haar te bellen? Of je vader?'

'Ik weet niet,' antwoordt Anders. 'Ik denk niet dat het veel uitmaakt.'

'Maar je moet er in ieder geval met je moeder over praten,' zegt Elfie. 'Ze weet vast een oplossing.'

Wanneer Elfie thuis is, belt ze Filippa op.

'Wie heeft volgens jou die tekening op het bord gemaakt?' vraagt ze.

'Ruben en Joel kunnen geen van beiden goed tekenen,' antwoordt Filippa. 'Anders zou ik gedacht hebben dat zij het hadden gedaan.'

'Ik ook,' zegt Elfie.

'Het moet haast wel een jongen zijn,' zegt Filippa. 'Of wat denk jij?'

Dat denkt Elfie ook.

'Maar de enige jongen die goed kan tekenen, is Dan-

ne,' gaat Filippa verder. 'Maar die gaat toch geen…'
'Nee,' zegt Elfie. 'Dat denk ik ook niet.'
'Dan is het dus toch een meisje,' zegt Filippa.
Maar geen van beiden kan een reden bedenken waar-
om een meisje Anders zou willen kwetsen.

Die avond vertelt Anders aan zijn ouders wat er op
school is gebeurd. Mama zit aan de keukentafel en
luistert. Ze heeft twee rode vlekken op haar wangen.
Die krijgt ze altijd wanneer ze verontwaardigd is.
Papa doet de afwas, maar aan zijn rug valt af te lezen
dat ook hij kwaad is.
'Zo kan het echt niet verdergaan!' zegt zijn moeder.
Ze staat op en ijsbeert door de keuken.
'Ik dacht dat ze het begreep, toen ik de vorige keer
met haar sprak. Waarom heb je niet verteld dat ze je
nog steeds als een onruststoker behandelt?'
'En waarom heb je niet gezegd dat de jongens je pes-
ten?' vraagt papa.
'Ik weet niet,' antwoordt Anders.
Mama denkt na.
'Ik denk dat het maar het beste is als ik haar spreek,'

zegt ze. 'Onder vier ogen. Dat is beter dan een ge-
sprek door de telefoon.'

Ze loopt de hal in, bladert in het telefoonboek en
toetst een nummer in. Door de deur van de huiskamer hoort Anders haar stem: 'Ja, goedenavond
Marie-Louise, je spreekt met Anna Åberg, de moeder van Anders… Ja, precies, daar wilde ik het juist
over hebben… Nee, liever niet via de telefoon…
Morgen om drie uur? Prima. Tot dan. Dag.'

Mama komt de huiskamer in en gaat naast Anders
op de bank zitten. Ze slaat haar armen om hem heen
en trekt hem tegen zich aan.

'Hoe is het met je?' vraagt ze. 'Ben je verdrietig?'

'Een beetje,' antwoordt Anders.

'Maar die Elfie, zeg,' zegt mama. 'Het was wel dapper
van haar om je te verdedigen. Je mag blij zijn dat je
haar hebt.'

'Dat ben ik ook,' antwoordt Anders.

'Elfie en ik,' zegt mama. 'Wij houden van je. En papa
natuurlijk ook.'

Dan moet Anders voor het eerst die dag lachen.

Maar pas als hij in bed ligt, bedenkt hij zich dat hij

nog steeds niet weet wie die tekening op het bord
heeft gemaakt en zijn naam eronder heeft geschreven. Wie hem kwaad wil doen.

De volgende ochtend heeft Anders weer buikpijn.
Mama zegt dat hij thuis mag blijven, maar alleen die
dag, tot ze Marie-Louise heeft gesproken.
Dit keer verveelt Anders zich thuis, al heeft hij Hoppies jongen om mee te spelen. De pijn in zijn buik
trekt na een tijdje weg, en hij denkt erover om toch
naar school te gaan. Maar dan komt de pijn weer
terug.
Na school komt Elfie. Ze is stil en nadenkend. Als
Anders vraagt waar ze aan denkt, geeft ze geen ant-
woord.
Ze maken het konijnenhok schoon en laten de jon-
ge konijntjes los door de kamer rennen. Het regent,
dus ze kunnen ze niet mee naar buiten nemen.
'Anders!' roept mama vanuit de hal. 'Waar zit je?'
Ze komt met haar jas nog aan de huiskamer in.
'Wat een bende,' zegt ze. 'Die konijnen overal! Dag
Elfie.'

Mama laat zich op de bank vallen.

'Moet je horen. Ik heb Marie-Louise gesproken. Het duurde een tijdje om haar ervan te overtuigen, maar ik geloof dat ze begrijpt dat ze je onrechtvaardig heeft behandeld. Ze heeft van het begin af aan een verkeerde indruk van je gehad. En misschien is ze ook wel iemand die moeilijk haar mening herziet en toegeeft dat ze ongelijk heeft.'

'Wat heb je tegen haar gezegd?' vraagt Anders.

'Ik heb haar over jou verteld,' zegt mama. 'Hoe je bent. En dat je de hele herfst verdrietig bent geweest. Want dat hebben papa en ik heus wel gemerkt, al wilde je niks zeggen.'

Ze woelt met haar hand door zijn haar.

'Je zult zien dat het nu goed komt.'

Elfie heeft zich nog niet opgegeven voor een spreekbeurt voor de klas. Ze heeft het voor zich uit geschoven, omdat ze niet wist waar ze het over moest hebben. Maar nu weet ze het. Wanneer Marie-Louise vraagt of iemand diezelfde week kan invallen voor de zieke Karolina, steekt Elfie haar hand op.

'Waar ga je het over hebben?' vraagt Marie-Louise.

'Moet ik dat zeggen?'

'Heb je al iets gekozen?'

'Ja,' antwoordt Elfie. 'Maar dat zeg ik liever niet nu.'

Dan glimlacht Marie-Louise zowaar. Dat doet ze niet vaak.

'Zoals je wilt,' zegt ze. 'Het wordt dus een verrassing.'

'Inderdaad,' antwoordt Elfie.

Zelfs Anders vertelt ze niet waar ze het over gaat hebben. De enige die het weet, is Filippa.

Elfie leent geen boeken van de bibliotheek om haar spreekbeurt voor te bereiden. Maar de avond tevoren zit ze heel lang na te denken. Vanuit de kamer naast haar hoort ze Elin huilen, terwijl ze met Madde aan de telefoon hangt. Leo heeft het al na twee weken met haar uitgemaakt.

Een paar weken geleden nog maakte Elin het zelf uit met Alex, bedenkt Elin zich. Misschien was hij toen net zo verdrietig als Elin nu.

Ze wou dat er een tovermiddel bestond dat ervoor kon zorgen dat iedereen die ooit verliefd op elkaar was, dat altijd bleef.

En ook dat papa's en mama's nooit ruzie met elkaar hoefden te maken.

'Dan is het nu de beurt aan Elfie,' zegt Marie-Louise de volgende dag in de klas.

Op dat moment heeft Elfie spijt van haar keuze. Ze durft niet voor de klas te gaan staan om te zeggen wat ze van plan is te zeggen. Stel je voor dat ze uitgelachen wordt. Ze hoort Nathalies spottende gegiechel al en ziet de honende gezichten van Ruben en Joel.

Dan hoort ze Filippa fluisteren: 'Vooruit, Elfie. Je kunt het!'

Met trillende benen komt Elfie overeind en gaat voor het bord staan. Marie-Louise sist dat de klas stil moet zijn.

Elfie haalt diep adem en begint: 'Over liefde,' zegt ze. 'Liefde overkomt je zonder dat je weet waarom. Je kijkt iemand aan en merkt dat je zoveel om iemand geeft dat je voortdurend bij hem wilt zijn. Of bij haar, in het geval van een jongen.'

Ze vangt Filippa's blik op. Ga door, zegt die. Het gaat goed!

'Als je geluk hebt, word je allebei tegelijkertijd verliefd,' gaat Elfie verder. 'Dan kun je met elkaar gaan. Verkering hebben is net zoiets als beste vriendjes zijn, maar dan anders. Je kunt samen spelen, grapjes maken en lachen, maar je kunt ook laten merken dat je verdrietig bent. Als je elkaar vasthoudt, is dat een heel speciaal gevoel.'

Ze hoort een halfgesmoord gegrinnik. Het is afkomstig van Nathalie en Jossan. Maar Marie-Louise kijkt hen streng aan en het grinniken houdt op.

'Liefde is iets moois,' zegt Elfie. 'Zij die dat niet begrijpen en niet weten hoe het is om verliefd te zijn, vinden het niet leuk om andere, verliefde mensen te zien. Dan willen ze hen plagen en het kapotmaken. Dat is dom, vind ik.'

Elfie gaat wat harder praten. Tot nu toe heeft ze Anders niet durven aankijken. Maar nu zoekt ze zijn blik.

Hij kijkt haar niet aan.

Anders staart koppig omlaag naar de bank. Ze is niet goed wijs, denkt hij. Waarom doet ze dit? Snapt ze dan niet dat het nu allemaal nog erger wordt?

Nog steeds is het stil in de klas. Maar hij weet dat Elfies woorden in de gangen en op het schoolplein herhaald zullen worden. Ze zullen achter zijn rug geroepen worden.

Ik maak er een eind aan, denkt Anders. Dat is de enige oplossing.

Een tijd lang hoort hij niet wat Elfie zegt. Hij is te diep in gedachten verzonken. Maar dan dringt haar stem weer tot hem door: 'Soms ben je verliefd op de verkeerde persoon. Op iemand die dat niet op jou is. Of die snel op je is uitgekeken. Dan kun je heel verdrietig zijn. Maar je kunt er niets aan doen. Je kunt iemand niet dwingen om verliefd te worden. Dat is dan niet omdat er iets aan jou mankeert. Het is gewoon pech. Een andere keer is het precies andersom. Dan wordt er misschien iemand verliefd op jou en zie je zelf helemaal niks in hem.'

Anders kan er niet meer naar luisteren. Hij zou willen dat hij ergens anders was. Ver weg van het klaslokaal, waar Elfie maar blijft doorpraten over liefde.

'Ben je klaar, Elfie?' vraagt Marie-Louise.

Anders kijkt op. Elfie is gestopt met praten.

'Dank je wel,' zegt Marie-Louise. 'Het was...'

Verder komt ze niet, want Melissa onderbreekt haar.

Tranen klinken door in haar stem.

'Ik was het,' zegt Melissa. 'Ik was het die de konijnen op het bord heeft getekend. Maar Ruben en Joel hadden het bedacht.'

'Sorry,' zegt Ruben met een dikke stem. 'Het was dom, ik weet het.'

'Ja,' zegt ook Joel. 'Sorry.'

'Het is al goed,' zegt Anders.

'Dus dat gedoe over meidengek en vieze praatjes is nu afgelopen?' vraagt Marie-Louise. 'Ruben?'

'Ja.'

Ze zitten in het klaslokaal, de drie jongens en Marie-Louise. Zij heeft eerst met Anders gesproken en daarna om de beurt met Melissa, Ruben en Joel. Ze hebben alles doorgenomen en uitgesproken.

'Is er nog iets wat je tegen Ruben en Joel wilt zeggen?' vraagt Marie-Louise.

'Ja,' antwoordt Anders. 'Konijnen zijn niet vies. Niet wanneer ze paren en anders ook niet.'

Marie-Louise schiet in de lach.

'Goed, dan kunnen jullie gaan.'

De jongens gaan staan. Ruben en Joel lopen als eersten naar de deur. Wanneer ze op de gang zijn, houdt Marie-Louise Anders nog even tegen.

'En dan nog iets.'

Anders draait zich om. Wat nu weer?

'Ik wil ook mijn excuses aanbieden,' zegt Marie-Louise. 'Ik ben onrechtvaardig tegen je geweest. Ik verkeerde in de veronderstelling dat je een onruststoker was en dat ik moest laten zien wie de baas was. Maar ik besef dat ik me vergist heb. Ik hoop dat je niet langer boos op me zult zijn.'

'Nee,' antwoordt Anders.

Hij is niet boos. Alleen opgelucht.

'Melissa is heel erg verdrietig,' zegt Filippa. 'Het spijt haar echt héél, héél erg.'

'O,' zegt Elfie.

Wat heeft zij ermee te maken dat Melissa verdrietig is?

'Zij kan het ook niet helpen dat ze verliefd is geworden op Anders,' gaat Filippa verder. 'Je hebt zelf gezegd dat je het niet in de hand hebt op wie je verliefd wordt. Toch?'

'Klopt,' antwoordt Elfie. 'Dat is zo. Maar ze hoefde toch niet te proberen om verkering met hem te krijgen, als hij het al met mij had?'

'Dat deed ze ook niet. Het was toch uit tussen jullie? Dat dacht ze in ieder geval. Het was trouwens Nathalies idee om Anders en Danne uit te nodigen, en dat zij het dan voor Melissa zou vragen. Je snapt toch wel dat Melissa daar geen nee tegen zei?'

Elfie denkt na. Ze kan begrijpen wat Melissa gedacht heeft. Dat ze blij was toen het uit leek tussen Elfie en Anders. Dat ze geloofde dat ze toen zelf een kans bij hem maakte.

En de vlinderbroche had ze toch ook teruggegeven, zodra ze erachter kwam dat die van Elfie was.

'Ja,' zegt ze. 'Dat snap ik.'

'Ze zou het vast heel fijn vinden als je dat tegen haar zei,' zegt Filippa.

'Oké dan,' zegt Elfie.

Melissa is helemaal zoals Elfie dacht dat ze was, voordat ze haar leerde kennen. Ze is aardig, vrolijk en een goeie vriendin. Wel wat verlegen en niet zo vindingrijk als Filippa, maar dat hoeft ook niet. Filippa verzint genoeg voor hen alledrie.

Wanneer Elfie bij Anders is, zijn ze meestal met de konijnen bezig. Soms weet ze niet goed waar ze met hem over moet praten. Dat was vroeger niet zo. Ze vraagt zich af of hij degene is die veranderd is, of dat zij het zelf is.

Anders maakt weer deel uit van de groep. Niemand pest hem meer. Marie-Louise kijkt hem niet langer aan zodra hij zijn stoel wat achterover kiept of iets op de grond laat vallen. Ze prijst een opstel dat hij in zijn schrift heeft geschreven en benoemt hem tot klassenaanvoerder.

Op een dag mogen Filippa en Melissa met Elfie mee

naar Anders' huis om Vlekje te bekijken. De drie meisjes vertroetelen de jonge konijntjes. Ze spreken ze met hoge piepstemmetjes toe en geven kusjes op hun snoetjes.

Anders vindt het ook leuk om met de konijntjes te knuffelen. Maar wanneer hij de meisjes hoort, vindt hij dat ze zich vreselijk aanstellen.

Ook Elfie.

Al het blad is nu van de bomen. De herfstvakantie breekt aan. Elfie gaat met haar ouders en Elin naar Londen. Mama is blij en maakt geen ruzie meer met papa. Ze gaan dus toch niet scheiden, denkt Elfie. Ook dit keer niet.

Ze gaan naar het museum van Madame Tussaud, waar de wassen beelden van allemaal beroemde mensen staan, en naar het filmmuseum waar papa Elfie en Elin alles wil laten zien, en naar een rommelmarkt ergens op straat. Elin wil een heleboel winkels in, spijkerbroeken kopen, schoenen en make-up. Mama gaat met haar mee, terwijl papa Elfie meeneemt naar de dierentuin.

Elfie vindt bijna alles leuk. Pas als ze weer in het vliegtuig naar huis zit, realiseert ze zich dat ze een paar dagen nauwelijks aan Anders heeft gedacht.

In de vakantie trekt Anders met Danne op. Ze voetballen, doen spelletjes op de computer en gaan naar de film. En hij gaat in zijn eentje met de tram naar zijn neven en nichtjes, en blijft daar een nacht slapen. Hij mist Elfie bijna niet. Het is eigenlijk wel zo gemakkelijk als ze er niet is.
Toch is hij blij dat ze terugkomt.

Elfie heeft lopen piekeren en nadenken. Ze heeft een besluit genomen, is daarop teruggekomen en heeft hetzelfde besluit opnieuw genomen. Maar ze heeft niets tegen Anders gezegd. Want dat is te moeilijk.

Tegen Filippa heeft ze evenmin iets gezegd. Ze kan met Filippa bijna over alles praten, maar Anders is de allereerste aan wie ze dit moet vertellen.

Dat ze geen verkering meer met hem wil. Dat ze het wil uitmaken.

Niet omdat ze niet meer om hem geeft. Dat doet ze wel. Maar niet meer op dezelfde manier als eerst.

Toch voelt ze steken in haar hart, wanneer ze bedenkt dat Anders het misschien aanmaakt met Melissa, als zij het uitmaakt. Dat wil ze niet, ook al is Melissa nu haar vriendin.

Elfie gaat nog steeds met Anders mee naar huis om

Vlekje te zien. Maar de konijntjes zijn bijna acht weken oud. En dan verhuist Vlekje naar het hok dat papa buiten in de tuin heeft getimmerd. Ook de andere jongen gaan naar hun nieuwe baasjes.

Wat moeten we dan doen? denkt Elfie. Wanneer er geen konijntjes meer zijn om mee te spelen?

Ze besluit het voor die tijd met Anders uit te maken. Maar dan wordt ze bang dat Anders boos zal worden en haar Vlekje misschien niet meer wil geven. Stel je voor dat ze haar konijn niet krijgt!

Maar als ze wacht, snapt Anders misschien dat ze het alleen vanwege Vlekje gerekt heeft. Dan wordt hij vast heel boos en verdrietig, denkt ze.

Ten slotte neemt Elfie dan toch een beslissing. Op een middag begin december. Over een paar dagen mag ze Vlekje komen halen met de konijnenmand die ze van haar eigen zakgeld heeft gekocht.

'Ik ga naar Anders,' zegt ze tegen mama.

Mama knikt.

'Kleed je goed aan,' antwoordt ze. 'Het wordt koud buiten.'

Elfie trekt haar warme jas, sjaal, muts en wanten aan.

Ze houdt haar hand stevig om de vlinderbroche in haar jaszak. Die kan ze natuurlijk niet houden. Als het uit is.

Anders hangt met Danne aan de telefoon, wanneer de bel gaat. Omdat hij alleen thuis is, moet hij wel opendoen.

'Wacht even,' zegt hij tegen Danne. 'Ik kijk even wie er is.'

Elfie staat op het buitentrapje. Ze is dik ingepakt en heeft een rode neus.

'Mag ik binnenkomen?'

'Natuurlijk,' zegt Anders. 'Maar ik ben wel aan het bellen. Ga maar zolang naar Vlekje.'

Terwijl hij verder praat met Danne, hoort hij dat Elfie haar jas ophangt en de keuken inloopt. Hij hoort haar praten tegen Vlekje en de andere konijntjes.

Wat raar dat ze nu komt, denkt Anders. Ze was hier gisteren ook.

Het is al heel lang geleden dat ze elkaar iedere dag zagen.

Eindelijk legt Anders de hoorn op de haak en gaat

naar Elfie in de keuken. Ze zit op een keukenstoel
met Vlekje op haar schoot.

'Anders?' zegt ze.

'Mmm?'

'Ik moet je iets zeggen,' zegt Elfie.

Het eerste waar Anders aan denkt, is dat Elfie zich
bedacht heeft en Vlekje niet meer wil hebben. Of dat
het niet mag van haar ouders.

'Gaat het over Vlekje?' vraagt hij.

Elfie schudt haar hoofd. Ze kijkt ernstig.

'Nee.'

'Waarover dan?'

'Ik wil geen verkering meer met je.'

'Hè?'

'Ik wil het uitmaken.'

Anders heeft er niet meer over nagedacht of hij het
met Elfie wilde uitmaken, niet meer sinds die keer
dat zij haar spreekbeurt over liefde voor de klas hield.
Maar nu hoort hij zichzelf zeggen: 'Dat wil ik ook.'
En vanbinnen voelt hij dat hij het inderdaad meent.
Dat hij dat wil. Ook al wist hij het zojuist nog niet.

Elfie glijdt van haar stoel af.

'Mooi,' zegt ze. 'Dan kom ik zaterdag Vlekje halen. Zoals we hebben afgesproken. Oké?'

'Oké.'

Elfie zet Vlekje terug in de kooi.

'Dag,' zegt ze tegen Anders of Vlekje. Hij weet niet tegen wie.

'Dag,' antwoordt hij zachtjes.

Buiten is het gaan sneeuwen. Anders gaat voor het keukenraam staan en kijkt naar de sneeuwvlokken die in het licht van de straatlantarens naar beneden dwarrelen.

Hij ziet niet dat Elfie de keuken uitloopt en in de hal haar jas aantrekt.

Hij hoort alleen dat de deur achter haar dichtgaat.

Pas als Elfie op het buitentrapje staat en haar wanten wil aandoen, merkt ze dat ze vergeten is om Anders de vlinderbroche te geven.

Grote, zachte sneeuwvlokken vallen langzaam in het donker naar beneden. Net als op de eerste avond dat het aan was tussen Anders en haar.

Als Elfie de broche in haar zak voelt en de sneeuwvlokken ziet vallen, vloeit alle kracht uit haar benen weg. Ze kan er niet op staan. Ze moet op het trapje gaan zitten, eventjes maar.

Anders zit op de keukenvloer met Hoppie op zijn schoot. Hij drukt zijn wang tegen Hoppies zachte vacht en praat zacht tegen zijn konijn.

'Nu komt Elfie hier niet meer,' zegt hij. 'Het is uit, snap je.'

Het klinkt zielig, als hij dat zegt. Hoewel ze het erover eens waren, is hij toch verdrietig.

'We hebben geen verkering meer,' zegt hij tegen Hoppie. 'Elfie en ik.'

Wanneer Anders op andere momenten verdrietig is, helpt het om tegen Hoppie te praten. Het is net of zij dat begrijpt. Maar nu helpt het niet, ook al ligt Hoppie rustig en stil op Anders' schoot en stribbelt ze niet tegen.

Anders zet Hoppie terug in de kooi bij de jongen. Hij loopt de huiskamer in en gaat zonder het licht aan te doen op de bank zitten. Hij denkt aan dingen die Elfie en hij samen gedaan hebben. Aan leuke dingen, zoals in de tent slapen, of toen Hoppie jongen kreeg. Aan nare dingen, zoals Elfies verjaardagsfeestje en die dagen in de afgelopen herfst toen ze niet tegen hem praatte.

Bijna alle belangrijke dingen die er sinds februari in zijn leven zijn gebeurd, hebben met Elfie te maken. Gedachten die nieuw voor hem zijn, komen in hem op. Ze zijn wat vaag, maar ze gaan over het soort dingen waar Elfie altijd met hem over wilde praten. Over liefde en volwassen worden. Over waarom het leven is zoals het is, en hoe het zal worden.

Anders zit in de kamer en is nog steeds in gedachten verzonken, als zijn moeder thuiskomt.

'Elfie! Waarom zit je hier?'

Anders' moeder is het tuinpad op komen lopen zonder dat Elfie dat gemerkt heeft. Ze klinkt bezorgd.

'Maar kind toch, heb je het niet koud? Wat is er gebeurd?'

Elfie kan niet antwoorden. Nu pas voelt ze hoe koud ze is.

'Is er iets met de konijnen?'

Ze schudt haar hoofd.

'Met Anders?'

'Ik… ik… we hebben het uitgemaakt,' stamelt Elfie klappertandend.

'Hier kun je niet blijven zitten,' zegt Anders' moeder.

'Ga je mee naar binnen?'

Elfie schudt weer haar hoofd. Nee, niet naar Anders. Dat gaat niet.

Anders' moeder begrijpt het.

'Kom,' zegt ze. 'We gaan naar mijn atelier.'

De ouders van Anders hebben een klein huisje in de tuin. Daar heeft Anders' moeder haar schilderspullen en een klein weefgetouw. Alleen zij mag daar naar binnen. Anders' moeder zegt altijd dat alle mensen een plekje nodig hebben waar ze met rust gelaten worden.

Maar nu neemt Anders' moeder Elfie zelf mee naar het atelier. Het is er warm en het ruikt lekker naar verf. Over een stok aan het plafond hangen mooie garens, en op een schildersezel staat een doek dat nog maar half af is.

'Ga maar op het weefbankje zitten,' zegt Anders' moeder. 'Dan neem ik het krukje.'

Elfie gaat op het bankje van het weefgetouw zitten en strijkt met haar hand over het kleurrijke weefsel.

'Wat mooi.'

'Dank je.'

Dan is het even stil.

Elfie haalt de vlinderbroche uit haar zak en houdt hem aan Anders' moeder voor.

'Ik moet hem teruggeven,' zegt ze. 'Want hij was eigenlijk van jou.'

Anders' moeder steekt haar hand uit. Maar ze pakt de broche niet aan; ze sluit Elfies hand eromheen.

'Die mag je houden. Als herinnering.'

Elfie snottert een beetje. Het klinkt zo zielig.

'Ik snap dat je verdrietig bent,' zegt Anders' moeder. 'Ook al heb je zelf besloten om het uit te maken. Want zo is het toch?'

Elfie knikt.

'Ik denk dat je er goed aan hebt gedaan,' zegt Anders' moeder. 'Misschien moeten Anders en jij de liefde allebei maar even vergeten. Na verloop van tijd worden jullie weer verliefd op anderen. En als jullie later volwassen zijn, ontmoeten jullie ten slotte iemand met wie je je leven wilt delen.'

Anders' moeder zwijgt even voordat ze verdergaat: 'Maar Anders zal altijd jouw eerste liefde blijven, en jij zult altijd zijn eerste liefde zijn.'

Elfie heeft het niet koud meer. Ze is warm. Warm en kalm.

Nu kan ze naar huis gaan.

Hier is Elfie op weg naar huis door de eerste sneeuw.
Daar zit Anders met opgetrokken benen naast zijn
moeder op de bank.
Hier is Elfie.
Daar is Anders.
Ze gaan niet meer met elkaar.
Elfie en Anders.
Maar een klein stukje van Elfie zal altijd in Anders
zijn.
En een klein stukje van Anders in Elfie.
Ze zullen elkaar nooit vergeten.